안녕,
한때는
내가
알았던
사람아

안녕,
한때는
내가
알았던
사람아

ⓒ 최내운, 2017

초판 1쇄 발행 2017년 04월 06일

지은이   최내운
펴낸이   이기봉
편집   좋은땅 편집팀
펴낸곳   도서출판 좋은땅
출판등록 제2011-000082호
주소   경기도 고양시 덕양구 동산동 376 삼송테크노밸리 B동 442호
전화   02)374-8616~7
팩스   02)374-8614
이메일   so20s@naver.com
홈페이지   www.g-world.co.kr

ISBN   979-11-5982-775-4 (03810)

이 도서의 국립중앙도서관 출판시도서목록(CIP)은 서지정보유통지원시스템 홈페이지(http://seoji.nl.go.kr)와 국가자료공동목록시스템
(http://www.nl.go.kr/kolisnet)에서 이용하실 수 있습니다. (CIP제어번호 : CIP2017007877)

안녕,
한때는
내가
알았던
사람아

최내운 단편집

좋은땅

목차

내
첫사랑을
너에게
바친다

"기억이라는 건 소설과 비슷하다.
혹은 소설이라는 건 기억과 비슷하다."
−무라카미 하루키《중국행 슬로보트》중에서

.0

언덕을 넘어, 바다

기억이 잘 나지 않는 어릴 적부터 바다 근처에서 살아왔던 나는, 그 뒤의 너머가 보이지 않는 언덕 혹은 고개를 볼 때마다 이렇게 상상하곤 했다.

"저 언덕 너머에는 분명 숨이 터질 것 같은 지평선이 늘어진 바다가 있을 거야!"

사실 뒤편에는 높은 언덕 혹은 내리막길이 기다리고 있기 마련이었다. 정말 그렇게 생각하고 있다가 보면, 그곳은 진정 바다가 되어 복잡했던 머릿속을 정리해주며 아직은 미숙한 나를 어루만져주는 바닷바람이 금방 나를 진정시키고는 했다.

지금도 종종 숨을 막히게 하는 높은 언덕과 마주칠 때마다 이렇게 생각하곤 한다.

"분명히 이 언덕만 넘으면 저 너머에는 멋지고 가슴 터질 만큼 넓고 시원한 바다가 기다리고 있을 거야"라고.

1

다시 열여덟

열여덟 살이 되던 해에, 나는 이렇게 생각했다. 세상 모든 것이 애매모호하다고. 몸은 어른이지만 정신은 아직 미숙하며, 무엇이든 지 가능하다고 생각은 하지만 실제로 그렇지는 않은. 아직 영화관 의 19세 마크가 붙어있는 영화조차도 마음대로 보지 못하며, 거리 를 수놓는 화려한 LED 간판들을 뽐내는 맥주 가게도 가지 못하는, 그런 애매한 나이가 가끔 발목을 잡는다고 느꼈다. 숨이 턱하고 막 히며 입속까지 텁텁해지는 느낌.

그럴 때마다 집에서 얼마 떨어지지 않은 곳에 있는 바다를 찾았 다. 지하철을 타고 그곳에 도착하자마자 한 손에는 신발을 들고 차 가운 바다에 발을 담그곤 했다. 비가 내리는 날이든 수업이 있는 날 이든 그런 것은 상관이 없었다. 바다는 집이었고 유일하게 편안함 을 느낄 수 있는 곳이었다.

열일곱의 어느 날에는 학교 수업 중 갑자기 바다가 너무나도 보고 싶어진 탓에 무심코 체육복을 가지고 학교를 빠져나와 지하철을 한 시간 반이나 타고 바다를 찾은 적이 있다.

그날은 비가 왔었다. 하얀색 하늘과 그 바다가 나를 더 편안하게 만든다고. 구름에 가려진 거대한 빌딩과 광안리 바다 위의 초자연

적 현상같이 느껴지는 안개. 여태까지 나는 정리가 필요한 순간에는 어김없이 이곳을 찾아 4시간 정도를 보내고 어디론가 돌아가곤 했다.

사랑하는 사람과 함께 바다에 가고 싶었던 순간이 있었다. 하지만 열여덟의 첫사랑 때 나는 단 한 번도 그녀와 바다를 찾은 적 없었고 우리는 헤어졌다. 시간이 아무리 지난 지금에서도 이유는 알 수 없었다. 하지만 그것이 나를 더 아프게 만들었고 지금껏 내가 바다에 집착하게 만드는 이유였는지도 모른다고 생각했다.

바다를 함께 오지 못하였던 그녀. 내가 정말로 사랑했던 스무 살의 시작까지 나와 함께했던 첫사랑. 다시는 느껴보지도 못할, 돌아가지도 못할 그녀를 생각하며….

.2

이 땅이 나에게 뛰라고 얘기했다

"무작정 도망을 가버리는 것보다 꿈을 챙긴 뒤, 목표가 있는 도망을 가보는 것도 좋을 것 같아. 물론 나도 지금은 말뿐이지만 지금 우리의 아픔이 여행 가기 전의 짐을 꾸리는 과정이라 생각하려 해. 아쉬워하지 말자는 뜻이야. 우리는 아직 가진 것이 시간뿐이잖아? 그래서 말인데, 그냥 뛰자!"라고 내게 말하며 뛰는 그녀의 얼굴에 비치는 순수함.

우리가 처음으로 크게 싸우고 난 뒤 그녀가 내게 했던 말이다.

"if you don't know where you're going, just go."
–《이상한 나라의 엘리스》 중에서

"그냥 뛰고 싶어졌어"라는 말을 입술 사이로 흘려보내는 앳된 얼굴. 18살의 그녀는 화장기라곤 찾아보기 힘든 얼굴과 어린아이의 장난기가 담긴 미소를 내비치며 내 앞으로 갑자기 뛰어가더니 얼마 못 가 멈춰 주저앉아 맨바닥에서 신발 끈을 묶었다. 레이스 달린 치마는 파도처럼 펄럭였다. 끈을 다 묶은 그녀는 일어나 나의 손을 꼭 잡아 쥔 채로 가로수 길을 달리기 시작했다. 새하얀 볼은 단풍잎처럼 천천히 물들어 갔다.

50m쯤 전력질주 후에 멈춰 선 그녀는 헐떡이며 영문도 모르고 무작정 함께 뛴 나를 향해 말하는 건진 모르겠지만, 잔뜩 고조된 채 앞의 나무들을 주시하며 눈을 크게 뜨고 말했다.

"이 땅이 방금 나한테 달리라고 말했어! 그 소리 못 들었니?" 왠지 나도 분명 들었음이 틀림없지만, 아마도 그런 그녀에게 홀려버려 이 땅이 나에게 말했을 그 소리를 지나쳤으리라고 확신했다.

열여덟의 가을.

.3

꿈을 팔았던 가게

"사막은 사람의 마음을 환상으로 가득 채우는 법이지."
—파울로 코엘료 《연금술사》 중에서

그녀와 함께 자주 거닐던 길목에 아주 잠시나마 시선을 머물게 만드는 매력이 있던 가게가 문을 닫았다. 입구에 붙은 '임대'라고 적힌 문구를 굳이 보지 않아도 가게가 망했다는 것은 누구나 알 수 있었다. 건물 안은 어두컴컴했으며 애초에 아무도 없었다는 듯 공허했다. 그 기이한 형태 탓에 '임대'보다 '실종'이라는 단어가 더 어울리지 않을까 싶었지만 그랬다간 아무도 이곳에 새로 가게를 하지 않을 것이 분명했다. 그곳은 정말 사라졌다. 날은 밝지만 가게 안은 어둠.

"저 가게 망했구나."
내 손을 잡고 있던 그녀는 말했다.
"흠 미루다가 아직 한 번도 못 가봤는데…. 언젠가 가보고 싶었던 곳이었어. 결국 다시는 가지 못하겠지만."

그녀는 마음을 다해 아쉬워했다. 그 아쉬움을 내가 공감하려는 순간 그녀는 이어 얘기했다.

"저기, 가게가 망하는 건 굉장히 슬픈 일인 것 같아."

나는 물었다.

"왜 그렇지?"

"생각해봐. 누군가 한 가게를 개업할 때는 나는 이 가게로 성공해야지, 같은 각오와 기대 섞인 사명감을 지니고 퇴직금을 털거나 없는 돈을 탈탈 긁어모아 열었겠지? 그런데 정작 한 달 두 달 잘되는가 싶더니, 장부는 적자고, 손님이 점점 끊기는 거지, 처음보다. 분명 첫 문을 열었을 때는 모든 꿈과 인생의 새로운 시작이었을 수도 있었는데…. 그런 가게를 닫는다는 건, 더는 사람들은 찾아주지 않고 그 자리에 '임대'라는 푯말이 붙고 또 그 자리에 다른 꿈이 들어서고 반복된다는 것은 굉장히…."

잠시 꿈 가게에 멈춰선 우리, 특히 그녀는 잠시간 생각을 하고는 내게 말했다.

"가게는 그런 의미에서 '꿈'을 파는 가게인 것 같아. 그리고 꿈이 저버린다는 건 굉장히 슬픈 일이야."

시간이 어느 정도 흘러 언젠가 우연히 그녀 없이 나 혼자 그곳을 지나갔다. 시선이 멈춘 자리에는 그녀의 말대로 또 다른 꿈 가게가 꿈을 팔고 있었다. 이번에는 2층까지 올린 꿈 가게였다. 진심으로 잘되길 바란다.

십일월, 일기

적당한 행복은,

사람을 딱 적당함 속에 안주하게 하는 것 같다.

.4

그녀가 좋아하는 것들에 대해서

언젠가, 우리가 만난 지 얼마 되지 않았을 때. 그녀는 여름의 막바지, 선풍기가 돌아가지 않는다면 모든 것이 싫어질 듯했던 그 밤에 나에게 이렇게 말했다.

"나를 기분 좋게 만드는 것들을 말해볼까? 먼저 드뷔시의 아라베스크가 좋아 미치겠어. 그건 정말…. 뭐랄까 마성의 음악이야. 아마 천 번 이상은 들었을 걸? 잘 때마다 들었으니까. 또, 나는 별이 좋아. 별은 내 꿈이야. 그냥 있는 그 자체로 사람을 감동하게 하는 것 같아. 아마 내 어릴 때 기억 때문인 것 같아. 그때는 지금 하곤 달리 친가 사람들 하고 설마다 놀러 가곤 했는데, 큰 차에 타고 평소에 갈 수 없는 먼 곳을 가면 그 설렘 때문일까? 무슨 얘기도 즐겁고 그냥 순간순간이 즐거웠는데…. (여기서 그녀는 잠시 말과 기억을 다듬는 시간을 가졌다.) 가족들과 밤에 밖에서 놀다 무심코 하늘을 봤는데 정말 쏟아진다는 것이 그런 것이구나 하곤 싶었어. 별 하나가 손톱만 하고 은하수가 뭔지도 그때 처음 봤고 어떻게 같은 나라의 하늘이 그렇게 다른지 쇼크였다니까. 지금 생각해보면 그때 그냥 '사랑'에 빠진 것 같아."

한바탕 말을 뿜어내던 그녀는 잠시간 숨을 또 다시 그녀는 말을

내 첫사랑을 너에게 바친다 17

이었다.

"밤하늘을 좋아해. 일단, 구름을 좋아해. 근데 밤에 보는 구름이 유난히 좋아. 그 중 초가을 밤 구름이 최고야. 어두운 하늘에 시원하고 빠르게 변하면서 흐드러진, 언뜻 보이는 별들이 너무 뭐랄까 사람을 자극해!"

숨 쉬는 법을 까먹은 것은 아닐까 걱정되어 잠시 그녀에게 숨을 고르자는 의미에서 나는 말했다.

"그리고?"

"밤에 구름이 하늘을 다 숨겨버린 포근한 어둠이 좋아. 왜냐하면, 우리는 구름 때문에 세상이 온통 어두컴컴하지만 사실 달은 여전히 밝을 거고 구름 위로는 초원처럼 펼쳐진 구름 바닥이 파란 달빛을 받고 있겠지. 그런 상상을 자극하는 '보이지 않음'이 나는 좋아. 또 나는 산을 좋아해. 산을 보다 보면 산보다 나무가 보이잖아? 그래서 좋아. 나무 한 그루마다 각자의 이야기가 있겠지. 산이 아니라 땅 위의 수천, 수만 그루의 초록색이 있는 것이 너무 사랑스러워."

그녀는 다른 색에 비해 유난히 초록색을 사랑했다. 내가 처음 보았던 그녀의 블라우스 역시 초록색이었다.

"산에는 동물들이 살고 있을 거고, 나무 밑에는 다른 것들이 있겠지. 아무튼 산엔 나무도 있어서 너무 좋아."

새벽 2시. 그녀와 눈은 마주치고 있지만, 정확히 나를 의식하고 있는지 확신은 내리지 못했다. 그사이에도 여전히 나도 모르게 그녀의 좋아하는 것들이 바로바로 넘어가고 있었다.

"길을 걸을 때 시야를 가리지 않는 만큼의 비가 내리는 것이 좋아. 그런 비는 깔끔하고 아스팔트가 젖는 냄새가 선선하게 올라오거든. 어둠이 너무 사랑스러워. 어둠 냄새를 아는 사람은 아는데, 그 냄새가 사람을 감동하게 해. 풀이랑 꽃잎이 움트면서 향을 내는 것 같기도 하고 풀냄새가 시원하게 나잖아. 그 냄새는 초록색이야. 그리고 풀벌레 소리가 잔잔히 들리는 밤을 지낼 수 있는 그런 어둠이 좋아. 선풍기 바람이랑 산에서 부는 바람을 둘 다 맞을 수 있게 해주는 바람이 좋아. 창문을 열어놓고 바람을 맞으며 피아노를 칠 수 있어서 좋아. 여름이면 우리 집의 화단에 엄청나게 많은 꽃이 피어나는 여름이 좋아. 그런 여름의 따가운 햇빛이 좋아. 바람이 춥지 않고 땀을 식히니까 얼마나 좋아? 여름엔 겨울이 그리워지기 때문에 여름이 좋아."

"잠시 화장실 좀 다녀올게"라고 말하고 나는 그녀가 좋아한다고 말하는 것들을 잠시 머릿속으로 정리를 해보았으나, 미안한 사실이지만 그것들이 모두 들어올 리가 없었다. 붕 뜬 옆머리를 정리하고 다시 그녀의 건너편 자리에 앉았다.

그녀는 나보다는 들어줄 사람을 기다렸다는 것처럼 바로 말을 시작했다.

"나는 별이 아주 좋고, 밤이 좋고, 구름도 좋고, 산도 좋아. 또 나무도 좋고, 심지어 바람까지도 좋아. 그래서 이공계 공부를 하고 싶었어. 자연스러운 것이 가장 아름답다고 생각했거든."

그녀는 항상 진심으로 아쉬워했고 후회하고 있었다. 그녀가 고등학교로 진학할 때 집안 사정을 염려해 진학한 학교에 이과반이 존재하지 않았기 때문이다. 나는 이런 사정을 진작 파악했던 탓인지 그녀의 말에서 상당한 상실감을 느낄 수 있었다.

"계속해 줘."

나는 그런 그녀가 묻어두려 하지만 새어 나오는 상실감을 아주 잠시나마라도 잊을 수 있도록. 그녀가 좋아하는 것들을, 잊고 지내던 좋은 기억들을 끄집어낼 수 있게, 듣고 싶다고 거짓말을 했다.

"냄새가 강한 계절에 즐겨 듣던 음악은 그 계절의 냄새를 떠올리게 해줘서 그 음악마저 사랑하게 되고, 그 계절인 여름을 사랑하게 되나 봐."

그리고 잠시 어색 하지 않은 아주 편안한 침묵이 지속되었다. 5분간. 몇 시간이 흘렀는지 모르는 대화의 틈 속에서 가진 잠시간의 침묵. 그 사이에는 그녀가 좋아하는 것들의 리스트에 포함될 것이라 믿었던 나는 끝내 나오지 않았었다.

3일의 시간이 있다면
하루는 너 얘기만
하루는 내 얘기만
마지막 날은 서로 안고만 있고 싶다

응, 일단 집이든 학교든 벗어나면
좋든 나쁘든
무언가 달라질 거야

물과 별이 가득한 곳
아 진짜 너무 좋은 말인 거 같아
그냥 괜스레 기분 좋아져

우리는 구름 때문에 온통 세상이 어둡지만
사실 달은 여전히 밝을 거고
구름 위로는 초원처럼 펼쳐진 구름이 파란 달빛을 받고 있겠지
그런 상상을 자극하는 '보이지 않음'이 좋아

안녕, 한때는 내가 알았던 사람아

.5

반대 걷기

열여덟 살. 카디건을 걸쳐야 할 날씨. 아직 그녀와 사귀기 이전, 그녀를 알게 된 지 얼마 되지 않았을 때의 일이다. 비 내리는 수요일. 처음으로 용기를 내어 그녀에게 영화를 보자고 말을 건네었고 기적처럼 그녀는 흔쾌히 승낙해주었다. 서로 교복을 입고 내용도 기억나지 않는 첫 영화를 보고 난 뒤, 서면에서 밥을 먹기로 했다. 모든 것이 설레고 향기가 묻어있던 그 순간을 나는 잊을 수가 없다. 아마도 평생 그렇겠지. 그 순간에 잠시나마라도 더, 1분 1초라도 함께 더 있고 싶었고, 걷고 싶어서 마땅히 먹을 곳이 없는 것처럼 익숙하고 너무나 익숙하던 거리를 두 바퀴쯤 돌았다. 그녀는 나와 헤어진 이후 나에게 얘기했었는데 그 순간이 지루하고 이 남자가 우유부단하다고 생각했던 모양이다.

나는 그 두 바퀴도, 짧았으며 밥을 먹지 않아도 너와 함께 있다는 자체만으로 행복에 배가 불렀다는 걸 너는 모를 것이다.

.5

500일의 열등감

그녀는 내가 표현할 수도, 텁텁한 머리를 아무리 짜내도 생각해내기에 불가능한 문장으로 나를 놀라게 하곤 했다. 언젠가 그녀가 내게 했던 말이 있다.

"사람 관계에서 비록 내가 진짜로 저렴한 사람이라 해도 그 저렴함을 가리기 위해서 비싼 가면 하나 정도는 필요한 것 같아. 결국, 결혼은 내게 비싼 사람이랑 하는 것처럼 말이야."

모든 사람에게는 가면이 있다. 보이지는 않지만 저마다 각자의 가면을 몇 개가 되었든 소유하고, 바꿔가며 쓰고 있다. 행복한 표정의 가면, 마음이 부유한 척하는 가면과 우울한 표정의 가면 따위의.

열여덟 살의 나는 많은 수의 가면을 가지고 있었다. 집 안에서의 가면과 학교에서의 가면, 그리고 사회에서의 가면까지. 어느 날 거울을 보는 순간에도 도저히 가면을 벗을 수가 없었다. 애초에 진짜 얼굴은 없었으며 가면을 굳이 떼어내려고 노력하지도 않았다. 나는 가면이 없으면 살아갈 수 없다. 사람들은 나의 무방비의 민낯이 아닌 내 가면을 사랑하는 거니까. 하지만 바다만큼은 사람들처럼 내게 가혹하지 않았다.

한순간 내 얼굴을 비쳤다가도 부셔버리는 바다는 어서 나에게 가면을 벗으라고 꾸짖는 것 같다고 생각했다. 정말 믿을 수 있다고 생각했던 친구들이 한순간, 한 날 같은 시간에 나에게 등을 돌린 그날, 내 잘못도 아니며 누구의 잘못도 아닌 그 일로 나에게서 잔혹하게 떠나가 버린 날에, 그리고 얼마 지나지 않아 내가 사랑하던 사람마저 떠나버린 날에는 차라리 이 바다에 몸을 던져 죽고 싶은 것이 아닌, 지난 나를 씻어버려 버리고 싶어서였다. 주저앉아 몇 십 분을 줄곧 울어대도 나를 이상하게 쳐다보지도 않고 묵묵히 바다는 자기 일을 해댈 뿐이었다. 괜찮다, 괜찮다. 내 가면을 벗겨줘. 나를 이해해줘.

아무리 시간이 지나도 내가 잘못해서 떠나버린 그녀에 대해 생각하지 않으려 노력하고는 있지만, 그것은 노력한다고 해서 잊을 수 있는 문제가 아니라고 지금의 나는 생각한다. 여전히 첫사랑을 잊지 못하는 동시에 내가 잘못했던 문제까지 잊지 못하고, 끊임없이 죄책감을 지닌 채 좋지 않은 패를 지니고 상대의 눈치를 살피며 끝이 정해진 레이스를 이어가는 포커 게임을 하고 있는 건지도 모른다. 하지만 내 가면 속 진짜 얼굴을 드러내지 못하였던 내가 나빴으며 그런 나 때문에 그녀 역시도 나쁘게 되었던 순간들을.

헤어지고 난 뒤 내가 먼저 그녀에게 받았던 모든 것들을 상자에 정리하여 돌려주었던 것이 기억이 난다. 드디어(그때 당시에 꿈꾸었던) 혼자 지내게 된 공간에서 그녀의 흔적들을 도려내지 않는다면 계속 앓아 곪아버려 어느 순간 떼어내지 못한 채 살아갈까 봐. 정리할 때 덤덤할 줄 알았던 내 속은 다 타버렸고 그 재마저 바람에 날아가 시체조차 찾지 못하게 되어버렸다. 우리가 만들었던 추억에 비해 작은 상자의 빈 부분이 너무 아팠다. 이제 남은 것은 내가 생각하고 있는 그녀에 대한 기억인지 죄책감인지도 모르겠다고 생각했다. 그것뿐이었다. 내가 주었던 것들은 이미 상관이 없는 일이다.

그녀가 이 상자를 받았을 때 내게 처음 한 말은 "그냥 버리지"라는 아주 덤덤한 말과 무미건조한 표정이 끝이었다. 어떻게 저렇게 덤덤할 수가 있을까. 내 행동도 그렇지만 너도 참 잔인하다고 생각했다.

스무 살이 되었고, 유학을 떠나기 전 그녀와의 마지막 만남. 그녀는 내가 아닌 언젠가는 내가 있었던 자리에 다른 남자친구가 있었다. 나는 축하한다고 말해줬다. 진심이었다. 그날 다시는 이 사람과는 아무것도 이어질 일은 없겠다는 느낌이 나를 아프게 하던 날. 나는 웃고 그녀는 웃지 않았던 그날에, 서로가 마주치길 바라지 않는 그 거리, 그곳에서 내가 언젠가 주었던, 내가 직접 손으로 써 주었던 첫 책을 마치 도서관에서 책을 빌렸던 것처럼 나에게 반납하였다.

그리고 나는 말했다.

"그냥 버리지 그랬어."

다시 돌아온 그녀의 쌀쌀하면서도 나를 무너져 내리게 하는 대답.

"버리진 못하겠더라고."

다시는 붙잡지 못할 뒷모습을 멀리서 배웅하며, 이제는 누구도 서로 사랑하지 않는 우리 관계의 종말을 받아들이며, 누가 더 서로를 오래 기억할지 모르지만 아, 이제는 정말 끝이 나버린 우리가 아닌 서로의 관계가 되어버린 이날에.

2년간의 기억을 버려둔 채 지하철 티켓을 끊고 계단을 올라가 지하철을 기다리며, 난 괜찮다고 생각하던 순간 그대로 무너져 울어버리고 말았다. 오늘 만난 순간부터 참았던 눈물. 지하철을 어떻게 타고 집으로 돌아왔는지 사람들이 나를 어떤 눈으로 쳐다보는지는 상관이 없었다. 하염없이 울었고 지하철은 여덟 번쯤 지나갔던 걸로 기억이 나는 것 같다.

그날 장미를 준비했었다. 그녀는 밥을 다 먹고 커피를 마시며 나에게 얘기했었다.

"사랑이란 걸 별로 바라지 않지만 가슴 뛰는 설렘만큼은 바라."

그날, 준비해온 장미를 꺼낼 일은 일어나지 않았다.

나에게 열등감을 주는 너.
가만히 있어도 당신들에게 열등감을 주던 나.

열등감.

우리는 열등감이었다.

열병 같았던 우리의 500일의 열등감.

과연 나는 너에게 어떠한 열등으로 서려있었을지.

그리고 차라리 대화라는 것 자체가 없었더라면

이렇게까지 너를 미워하진 않았겠지.

.7

뒤늦은 배려

"우리가 아무리 사랑한다 해도 결국에는
보통의 존재로 밖엔 기억되지 않을 것이다."
─이석원 《보통의 존재》 중에서

우리가 헤어지고 난 뒤에는 언젠가 내가 싫어했던 너와 나의 그림자들을 하나씩 다시 밟는 날들을 꽤나 긴 시간 동안 보내곤 했다. 정확하게는 기억나지 않지만 언젠가 내가 너의 집 문 앞까지 내가 바래다준 날의 저녁, 가볍게 다퉜던 그날. 오랜만의 데이트에 전 남자친구가 선물해줬던 네 이름 모양의 목걸이를 차고 나왔던 19살의 가을. 나는 나와 가장 행복했던 순간에도 그것을 버리지 않고, 심지어 나와 만나는 날까지 하고 나왔던 네가 도무지 이해가 안 됐다. 나는 말했었지. 내가 더 예쁘고 좋은 걸로 선물을 해줄 테니 버리라고. 하지만 너는 그러지 않겠다고 말했고, 그 다툼은 결국 네가 한 발자국 물러섬으로 겨우 대충 마무리가 되었었던 여전히도 아픈 그날의 가을밤.

지구가 몇 바퀴 돌았는지, 지금에서야 네 행동들에 이해가 간다. 오래도 걸렸다. 이미 지독하게 늦어버린 건 알고 있지만. 그것에 얼마나 네가 보냈던 기억들과, 만나왔던 모든 사람들에게 배려가 있었는지 조금이나마 이해가 된다.

그리고 나는 기대한다.

내가 주었던 모든 것들에 의미를 남겨두고 방 한편, 도려내지 못하고 덩그러니 놔둔 채로 네 인생에서 나를 완벽하게 지워내고 버려내지 못했을 너를. 지금은 내가 아닌 다른 사람과 행복한 시간을 보낼지도 모르는 너에게 남아있을 이미 지나가버린 것들에 대한 최소한의 배려가 너무나 고맙다고. 그리고 비록 이제 크지는 않겠지만, 살면서 사소하게나마 나를 기억해줄 네가 얼마나 따뜻하고 독하지 못했던 사람인지를.

늦었지만 다시 한 번 기억으로 되짚어본다.

일기

어느 순간부턴가 너의 사소한 모든 것에
싫증을 느끼는 순간이 있었다.
웃을 때 입술의 주름부터 내 옆에서
노래를 부르던 너의 얼굴까지.

계절이 몇 번이나 바뀌었을까.
여전히도 사무치게 사소했던 그 모든 것들을
조금이라도 더 봐두지 못했던 것이 후회된다.

모든 감정은 계절과 동시에 바뀌기에

잠시 기다리며 느긋하게 두고 볼 필요가 있음을

그 당시 어렸던 나는 알지 못했다고.

.8

무채색

"난 아직 일곱 달이나 남았으니까 천천히 준비할 거야."
나는 웃었다.
"좋겠다. 아직 열아홉이라서."
―무라카미 하루키 《노르웨이의 숲》 중에서

1999년의 사람들은 2000년이 되면 지구가 멸망하거나 갑자기 기계화된 세상이 되리라고 믿었지만, 2000년 1월 1일은 1999년의 마지막 날과 다르지 않았다. 나의 스무 살 역시, 대통령이 바뀌고 모든 것이 특히나 내가 많은 것이 바뀌리라 믿었던 오늘 역시 어제와 같았고, 아마도 내일의 나 역시 언제나 그렇듯 비슷하게 흘러갈 것이란 걸.

이때쯤부터 기분을 적당히 가라앉혀둘 필요성을 느꼈다. 너무 높은 곳에서 떨어지는 충격은 높으면 높을수록 그 충격이 더 크니까. 항상 받아들이고 견뎌낼 수 있는 범위의 아픔을 예방하기 위해서 우울한 노래나 영화, 그리고 책들을 평소에도 좋아했지만 더욱 곁에 두었다. 예상대로 그것들은 나의 예방접종에 도움을 주었고 내가 실수나 상처가 나지 않게 도와주었고 다른 사람들이 아파하는 일에도 무덤덤하게 넘어갈 수가 있었다.

점점 사람에게는 안정감이라는 것이 중요하다고 느꼈다. 살다 보면 도박과 안정감을 선택해야 할 경우가 주어진다고 하는데, 나는 불가피한 경우가 아니라면 안정감이 중요하다고 생각한다. 그것은 패션, 말투 등 사소한 습관까지 내겐 모두 중요하다. 나는 도박을 병적으로 싫어한다. 스무 살의 '안정감'에 대한 과도한 집착. 이 탓에 많은 인간관계 혹은 순간의 유희마저 수도 없이 놓쳐버렸을 수도 있지만, 그것이 차라리 마음이 편했으며 나중에 후회하며 시간을 되돌렸으면 좋겠다는 등의 한심한 생각을 하는 것보다는 나은 선택이었다는 자기만족의 시간을 가지게끔 하였다.

흘려보내는 수많은 생각 중에서, '이런 초능력이 있다면' 따위의 허무맹랑한 것들도 있었다. 결국, 내가 선택한 최고의 능력은 '이' 사람과의 끝을 미리 알 수 있는 능력. 끝맺음만큼 시작이 중요한 거라는 것을 알게 된 스무 살의 나에겐 그 인간관계의 끝에 대한 두려움 탓에 사람은 일단 만나보고 시작하여야 한다는 패기 따위는 없었다. 사람을 만나기 무서워지는 시기는 아마 그때부터였을 것이다. 스무 살의 겨울, 나의 스무 살.

.9

연상의 여자

"앞으로는 그게 아닌 세계를 지겹도록 보게 될 거야."
—무라카미 하루키 《노르웨이의 숲》 중에서

나 역시 스무 살이 되었고, 그렇다 해서 싫어하는 것들이 갑자기 좋아진다던가, 나쁜 상황들이 갑자기 좋아진다던가, 내 외모가 갑자기 변해버리는 마법 같은 일들이 이루어질 리는 없었다. 그저 떠나가는 모습만 쳐다만 보아야 할 두려움의 그 문턱에서.

여름, 스무 살의 (의미 없는) 모임들과 술자리 속에 우연히 만났던 건너편 테이블의 9살 연상의 여자는, 내 나이 또래의 자기 잘난 맛에 살아가는, 남자관계를 복잡하게 하는 것이 쿨한 것인 줄 아는 그런 여자들과는 달리 단어 선택에서부터 신중해 보이는 것이 당시의 나에게는 매력적으로 다가왔다.

정작 그 신비함에 가까이 가서 탐색 겸 그녀가 하는 이야기들을 들어보니 그녀도 결국 이십 대의 여자긴 마찬가지였지만 그래도, 적어도 스무 살 여자보다는 이십 대 후반의 여자가 훨씬 자기 주변

관계를 두는 것에 기준선이 명확한 것 같았다. 그녀도 나에게 충분히 흥미가 있었는지 금방 적당한 농담도 던질 정도가 되었다.

내가 적당히 받아치는 농담들에 웃던 그녀가 "나, 어린이 마음에 드는 것 같은데"라고 술기운 잔뜩 섞인 말투로 놀리려 들면 "그거, 모성애는 아니죠?"라고 나는 말하고, "닥쳐, 비틀즈 라이브도 못 본 어린이" 하고 웃으며 그녀 역시 지지 않고 받아쳤다.

사실 그녀도 80년대 후반에 태어났으니까 비틀즈 라이브 따위, 존 레논이 마크 체프먼에게 죽었다는 소식조차도 못 봤을 것이다. 아무리 그 당시 그들이 대단했다고 해도, 후세대의 그녀, 그리고 그 뒷 세대의 나에게는 그저 유튜브와 다큐멘터리, 그리고 하루키 책 속에서 묘사되는 그런 내용이 전부였다. 아무리 들어도 당시의 감동은 존 레논처럼 살아나지 않을 것이다. 유일하게 그 시대가 부러운 것은 그저 그것뿐이었다.

우리 탓에 분위기는 더욱 고조되고 무슨 이야기인지 정신을 바로 차리지 않으면 금방 다른 이야기로 흘러가 버리는, 나만 느려지는 순간에 담배를 한 개를 꺼내 불을 붙일 때 연상의 여자와 눈이 마주쳤다. 그날 그렇게 각자 일이 있다는 듯 둘이 그 자리를 빠져나왔고 다시 담배를 하나 피며 생각했지만, 도대체 술만 먹으면 어디서 그런 멍청한 용기랑 대책이 사라지는지 알 수가 없다.

둘이서 더 진탕 술을 마셨고 택시 정류장까지 바래다주다 이 레퍼토리는 세대가 지나도 변하지 않는 건가 싶을 생각이 들 만큼 진부

한 질문인 "나 사랑해?"라고 휘청거리며 내게 반쯤 기대어있던 연상의 여자가 말했고, 나는 "아니요. 만나게 된 지 얼마 됐다고"라고 답했다.

"너는 그럴 거 같았어. 역시 달라, 달라."

갑자기 정신을 차려 제대로 걷던 그녀는 내가 바래다준다는 것을 "어른이니까"라고 얘기하고 택시를 타버리고 사라져버렸다.

그 이후 또 몇 번인가 만나서 "서태지도 모르는 주제에" 따위의 얘기랑 술을 마셨고 그중에 기억이 없는 날들은 그녀와 같은 방에서 일어나는 여름의 연속이었다. 내 옆에 누워있는 말 그대로 20대의 문턱에 선 연상의 여자의 눈가 잔주름을 보며, 내가 스무 살이라는 자체에 너무 청승을 떨고 있는 건 아닌지 하고 안심하기도 했다.

나는 집으로 돌아가고 그녀는 내가 떠난 후 얼마 안 가 화장을 고치고 직장으로 출근하는 여름의 밤이 한 달간, 고백과 가슴 뛰는 사랑이란 종말해버렸다는 듯이 지속하였다.

어느 날, 술을 마시다 나와 해운대 바다를 보러 갔다. 해가 뜨기에는 아직 멀었지만 그렇다고 해서 달이 밝지도 않은, 달보다 밝은 지평선처럼 늘어선 끝이 없는 술집 간판과 뿜어져 나오는 담배 연기가 안개와 구름이 되는, 해운대의 백사장에서 연상의 여자는 나에게 이렇게 얘기했다.

"있잖아, 사랑은 서로 좋아한다는 감정만으로는 버티기 힘든 것 같아. 사랑은 외제 차 같지 않나 싶어."

나는 이해하기 힘든 그녀의 말에 혹시나 내가 잘못 들은 것은 아닌지, 그녀에게 다시 한 번 되물었다.

"응? 외제 차?"

연상의 여자가 이어 얘기했다.

"응 외제 차. 멋진 연인이 안아줄 때의 포근함은 차의 승차감, 그리고 함께 손을 잡은 채 사람들이 북적거리는 길거리를 거닐면 자랑스러움도 따르지만, 외제 차는 그 이상의 유지비가 들어버리고, 사랑은 감정적으로 소비가 많은 면이 참 비슷하다고 생각하는데."

나이 많은 여자 특유의 진한 향수 냄새가 코를 멍하게 만들었다.

"음, 그렇네요. 외제 차, 사랑은 외제 차라."

코가 근질거렸다. 그 이야기를 마치고 해운대 백사장을 걷다 보니 술이 깨버렸고 그녀는 자기의 집으로 가길 바랐지만, "오늘은 이만"이라 말하고 그녀를 보낸 뒤에 마저 해가 뜨는 스무 살의 중심점에서 한참 앉아있다 집으로 돌아갔다.

연상의 여자는 사랑이 외제 차라고 했다. 하지만 이 얘기를 했던 그녀도 어느덧 옆을 돌려다볼 때 사라지는 20대의 수많은 여자 중 하나일 뿐이었다. 다시 생각해보니 그녀와 거닐 던 바다는 새로움과 손잡는 순간 피가 스프라이트가 되는 듯 짜릿한 느낌 또한 전혀 없었다. 물론 꼭 그녀라서 그랬던 것은 아닐 것이다.

단지 그랬다. 나에게 사랑은, 여덟 살의 수업 도중 박차고 나와 찾아오던, 그리고 그곳에서 미완적인 마음을 추스르고 언젠가 진짜 사랑하는 사람과 찾아야지, 라고 생각하던 '바다' 같은 곳이었다. 사랑은 외제 차 따위가 아닌 바다, 자체였다.

　사람들은 내게 종종 "너는 너무 어렵게 사는 것 같아"라는 얘기를 해오곤 한다. 내가 어려서 그들의 말처럼 어렵게 사는 것인지, 어려서 어려운 건지는 모르겠다. 말장난 같은 혼란 그 언젠가, 스무 살의 여자 중 한 명은 이렇게 얘기했었다. "당신이 어른스러워서 어려운 건 아닐까요"라고.
　솔직히 나는 아직도 그 답을 찾지 못했다. 어렵다.

일기

일 월,

　일부러 하지 않는다고, 딱히 필요가 없어서 또는 외롭지 않아, 라고 얘기했다. 네가 그리워서 아직 잊지 못해서였다고 얘기할 수가 없었다.

—

　우리는 항상 잃고 난 후 또는 이미 늦어버린 후에야 하지 못했던 것들, 했어야만 했던 것들에 후회하고 아파하며 또다시 후회한다. 상대가 가질 상처보다는 아닐지라도 후회하는 자의 가슴 또한 쓰리고 먹먹해진다.

.10

세상에 없는 계절

"스무 살이 되다니, 어쩐지 말도 안 된다는 생각이 들어.
난 아직 스무 살이 될 준비가 하나도 안 됐는데. 기분이 이상해.
왠지 누군가가 뒤에서 억지로 떠민 것 같아."
—무라카미 하루키 《노르웨이의 숲》 중에서

"나를 다른 사람들 앞에서 치켜세워주고 가장 멋지다고 말해주는
사람만 있다면 나는 그 하나만으로도 내 모든 것과 세상을 그 사람
에게 줄 수 있을 텐데."

어느 날 친구 한 명이 갑작스레 불러내더니 술 한 잔 마시자마자
계획했다는 듯이 눈물을 뚝뚝 흘리며 저런 말을 내뱉어 분위기를
잔뜩 망쳐버린 일이 있었다. 그날, 여자친구의 친구들과 자기의 친
구들이 만났었는데 자기 단점을 마구 말해서 무안하게 만들었다나.
그 친구에 공감하여 몇몇은 분위기에 취해 따라 같이 울기도 했다.
잔뜩 울다가 진탕 마시더니 그렇게 비틀거리며 바닥에 토악질을 하
곤 헤어져 집에 돌아가 버렸다. 스무 살.

한때 세상의 끝이었던 나의 첫사랑은 목숨과 운명 따위와는 잔인하다 느낄 만큼 빠르게 멀어져만 갔고, 그 이후의 만남들은 마지막 페이지에 다다라서 당연히 덮어버리고 마는 책과 같았다. 그것은 당연한 일들이라며 위안했다. 언젠가는 이 모든 것들이 늦가을의 살을 파고들어 안에서부터 몸을 갉아먹는 차가운 바람처럼 끊임없이 운명처럼 반복된다는 것을 아직은 내가 알아채지 못하였을 때, 매순간마다 다 끝나버렸다고, 나의 탓이라고만 끝으로 내몰았으며 따스한 이불 안으로만 도망치려 했다. 하지만 늦가을은 채 얼마 지나지 않아 애매한 세계를 몽땅 얼려버리고 마는 겨울에게 자리를 빼앗겨 가을의 조각들은 얼어붙어 부서지고 녹아 잊혀갔다. 마침내 "왜 이제야 왔냐"고 내게 말하는 봄이, 아직은 얇은 카디건만으로는 무리인 추위와 그래도 갑자기 설레게 만드는 햇살이 다시금 내게 온다는 것을 그때의 나는 몰랐었다.

시간이 지난 지금도 앞으로도 봄의 이후에는 여름이 올지 가을이 올지, 겨울 같은 가을이 올지는 확신할 수는 없다. 단지, 지금 또 한 번 시리게 아픈 관계들의 끝맺음에 또 다른 계절이 있다고 믿고 싶다. 쌓이는 낙엽의 무덤은 이루지 못한 채 묻혀버린 썩어버릴 나와 당신의 추억. 아직 어른이 되기에 멀었다. 나는.

.11

상실의 시대

무언가를 할 수 있다는 행위 자체에 대한 만족감과 안도감이 내 작은 방의 외로운 적막감이란 공백을 담배 연기 대신 채울 수 있었다. 어떤 행위를 할 수 있다는 것이 중요한 것이지 어떤 일이며 그것이 의미 있는 일인지는 상관이 없다. 책이든 노래든 내가 좋아하는 모든 것들조차 싫증이 나버리는 그 순간에는 그냥 '행위' 그뿐이었다.

유럽 여행에서 사 왔던 싸구려 반지를 잃어버렸다. 어디서 잃어버린 것인지는 알지만 다시 가지러 가기에는 너무 지쳐 있었으며, 아직도 그 자리에 있으리란 보장도 없었고 정말, 정말로 나는 지쳐 있었다. 돌아오는 길, 마음이 너무나 아팠다. 언젠가 느껴본 적이 있는 시큰한 맛의 감정. 이럴 때는 잊어야 한다. 외면해야만 한다는 걸 알지만 그것은 마음먹기의 문제가 아니었다. 그래도 빨리 지워내야 한다. 지나가는 지하철 광고 속의 반지가 다시 떠오르게끔 만든다.

나는 그녀를 소유물이라고 생각했던 것일까. 그렇지 않다면 나는 그 반지를 사랑했던 것이다. 둘 다 틀리다 하더라고 하나 확실한 것은 두 가지가 사라진 뒤에는 허전함이 존재했다는 것. 나의 오른손

약지와 내 곁의 허전함. 그것 하나만큼은 확실하게 알 수 있었다.

그녀는 어디로 갔을까.

칠월의 말, 여름의 초, 스무 살의 첫 자유.

지구가 한 바퀴를 돌기 전에는, 그녀의 조그만 흔적의 부스러기라도 찾아보려 보이지 않는 바닥을 손으로 쓸어 담으려던 시간들이 있었지만 이제는 그 헛된 노력들 사이로 닿지 않을 저세상의 끝 쪽으로, 창문 틈새 달의 뒤편 혹은 안갯속으로 그대로 영영 사라져버렸는지도 모른다.

잘 살았으면 좋겠다.

.12

돌아서, 스물 하나

열여덟 살부터 매년 의식처럼 해오던 것이 있다. 12월 31일이 되면 여행을 떠나는 것. 무박 2일의 짤막한 여행. 어디든 상관없이 그저 바다를 보기 위한 여행. 유학을 떠나기 일주일 전 나는 스무 살의 마지막 여행을 위해 꽤 먼 거리를 무작정 걷기 시작했다. 부산의 끝인 부모님 집에서 시작하여 송정 앞바다의 일출을 보기 위한 여행이었다. 12시간의 걸음은 나의 스무 살을 정리하기에는 턱없이 부족한 시간이었다. 패딩 속을 파고드는 추위와, 수많은 자동차와 사람들. 도착하기까지 수백 곡의 노래들은 귀에 들어오지 않았다. 나의 스무 살은 빛났는지, 스무 살에 내가 이루어 낸 것은 무엇이며, 스무 살에 만났던 여자들은 나에게 어떤 의미를 주었는지.

이제는 인생의 마지막 스무 살과의 작별을 고한다. 안녕. 내 아픔과 상처투성이의 스무 살. 더 멋져지도록 노력할게. 더 나은 내가 되도록 할게.

첫사랑 그녀가 나에게 언젠가 했던 말.

"너는 생각을 조금 줄일 필요가 있어."

하루의 반을 꼬박 걸어 도착한 이 바다에서 스무 살의 마지막을 고하며, 일출을 보면서, 담배 연기 같은 한숨을 뱉으며 21살의, 새 해의 다짐을 한다. 만약, 또다시 찾아올 만남에게는 모두 선을 두고 이어가야지. 네가 나의 전부다, 라는 말을 절대 함부로 하지 않을 거야. 스무 살을 떠나보내며, 스물한 살을 맞이한다.

하지만 추억의 단편소설들은 여전히 그곳, 그 장소에서 내가 어서 돌아와 읽어주기를 변함없이 기다리고 있었다.

어떻게 단 한순간조차도 떨어지기 싫을 만큼 사랑하던 사이들이, 안부마저 묻지 못하는 어쩌면 보통보다 못한 관계가 되어버리는 지를.

난 아직도 이해할 수가 없다

걱정하던 일이 풀리기 시작하는 순간들에,

그 바람을 타고 유지하는 것이 정말로 중요하다는 것을.

너무 들뜨지 말기를.

안녕, 한때는 내가 알았던 사람아

바다,
부서짐

"바다를 보면 말이야. 위로가 되는데. 어떤 이유인 줄 알아?"

나는 그녀의 눈이 아닌 은빛 파도를 주시하며 이야기를 계속 이었다.

"밤바다의 파도를 보면 특히나 더욱 안정돼. 힘들 때나 최악일 때마다 이곳을 찾아 파도를 멍하니 보곤 하는데 그때 어느 순간 이런 의문이 드는 거 있지? 과학 같은 어려운 것은 나는 모르겠고, 정말 바다가 계속 부서지는 이유가 뭘까. 그 반복되는 부서짐에서 가져오는 결과는 뭘까. 한편으로는 말이지 굉장히 아파 보였거든, 바다가. 그때 뭐랄까. 나랑 참 비슷하다고 느끼면서 그 사이에서 굉장한 차이점이 있었다면 말이야, 바다는 계속 부서지면서도 사랑을 받는 점이란 것. 그리고 그 부서짐을 사랑하는 사람들이 언제나 나처럼 찾아온다는 점 정도겠지. 한때 내가 한참 무너져 내리는 것에 대해, 그리고 주변이 떠나감에 대해 몸서리치게 우울과 외로움에 떨었을 시기에 찾은 바다 앞에서, 정말 문득 부서짐에 이유가 있느냐는 생각이 들었어. 결국 생각했던 이유는 다른 게 아니었어. 그저 아프면 아픈 거구나. 무너지면 무너지는 거구나. 아무리 큰 바다라도 항상 강한 게 아니라 무너지고 부서지는구나. 그런 순간들 덕에 어쩌면 지금 바다가 있는 게 아니냐고 생각했었어. 정말이지 바다는 강하다 생각해."

금빛 폭죽 소리가 옆에서 짧게, 짧게 터져 울렸고 그녀는 흩날리는 불꽃과 대비되는 은빛 파도에 눈을 돌렸다. 내 얘기 탓이었겠지. 그녀 눈에서 반짝이는 금과 은빛의 조화는 새벽의 해변에 더욱 설렘을 부여하고 꿈같은 시간을 지속시키기에 충분했다.

나는 그녀가 주시하는 것들에서 벗어나 마저 할 말을 이었다.

"응. 그날 돌아오자마자 인터넷으로 파도에 대해서 잔뜩 알아봤는데 말이지, 결국 내가 원하던 대답은 찾지 못했어. 너도 알려나 모르겠지만 그런 현실적이고 낭만 없는 이야기 따위 재미없잖아. 바다를 보고 결국에 든 생각은 이건데 말이야. 사람은 결국 아픈 점에 대해 공감대가 형성되어야 같이 어울릴 수 있는 게 아닐까 싶어. 그걸 함께한 추억 정도로 생각해가는 것이고. 아무리 강해 보이고 예뻐 보이는 사람이라도 부서짐을 모르는 사람이라면 함께할 수 없을 거야. 나는 바다를 이해하니까 바다도 나를 이해해줄 거야. 응. 나한테 너는 바다의 비릿하면서 기분 좋게 볼에 부딪혀 괜히 맘을 들뜨게 만드는 바닷바람의 냄새처럼 말이야."

1분의 시간. 우리는 말없이 바다를 주시한다. 기분 좋은 침묵.

"계속 앞으로도 부서지겠지. 바다니까."

길었던 나의 얘기는 끝이 나고 그녀는 내게 입을 맞추었고, 바다 냄새가 엷게 났다.

파도는 부서진다. 다시.

안녕, 한때는 내가 알았던 사람아

봄에
비가
내리는
이유

.1

"비나 바람 때문에 아직 제대로 보지도 못한 벚꽃이 몽땅 떨어져 버리기라도 하면 어떡하죠?"

"그러게. 비가 오려나 봐."

분명 하늘, 저 건물 너머 그 언저리를 비집고 보이는 먹구름 무리가 밀려오는 것이 보인다. 벚꽃이 피고, 아니 그전에 새해가 되고 봄이 오기도 전에 수많은 일이 있었던 탓인지 나는 어느 틈에 나무가 바뀌었는지, 계절과 날씨가 달라졌는지 따위에 신경이나 쓸 이유도 없었나 보다. 문득 기억이라는 게 우선순위를 두고 꺼내 먹는 과자 상자 같다는 생각이 떠올랐다. 하루키가 비슷한 말을 한 것 같지만 책 이름은 읽은 지 오래되어 까먹고 말았다.

비가 내리기 시작하였고 운전 중인 차의 창에 맺히기 시작해 이내 시야를 가렸다. 오른 손가락을 가볍게 튕겨 와이퍼를 작동시켰고 비는 닦여 내려갔다 다시 맺히고를 반복했다. 운전하기에는 크게 문제는 없었으나 단지 걸리는 것은 와이퍼로 잘 닦이지 않는 저 부분에 자리 잡은 채 있는 젖은 벚꽃 잎이었다.

조수석에 앉아있는 하영은 그것을 바라보더니 할 수 있다면 젖은 벚꽃, 떨어지는 벚꽃들을 다 거두어 품고 싶어 하는 표정을 지었다.

마치 나무둥지에서 떨어진 아기 새를 찾는 어미 새처럼.

그녀가 보고 말하는 세계는 모두 색채가 뚜렷했고 보다 눈물 나게끔 만드는, 나름대로 어여쁜 곳이었다. 맑은 물의 바다. 보다 훨씬 오래 전, 언젠가 좋아했던 여자의 색은 이름은 잊었음에도 뚜렷이 기억했다. 초록색. 그 아이가 입었던 블라우스의 초록색이었다.

집에 도착해 코트를 벗어 걸어놓자 빗소리가 좀 더 매섭게 들려오기 시작했다. 내 뒤로 다가와 살포시 안겨 등에 얼굴을 가져다 댄 뒤 잠시 심장 소리를 듣던 하영은 천천히 입을 열기를 "벚꽃이 필 때면 왜 항상 비가 올까요?"라고 말했다.

창문 밖으로 보이는 도로, 집 앞 공터 언저리에 고인 물이 분홍빛 색채를 띄울 때쯤에 나는 벚꽃과 비에 대해 그리고 계절과 비에 대한 생각을 했다. 꽤나 오랜만에 색채를 지닌 것을 떠올리고 있음을 자각했다.

"색이 없는 비가 벚꽃을 질투해서 그런 게 아닐까."

나는 그저 생각나는 대로 답을 해버렸다. 그럼에도 하영은 나름대로 만족한 듯한 표정을 지어주었고 이내 고민하는 표정을 지었다.

비는 여전히 매몰차게 나무를 치고 있었다. 비가 그치고도 벚꽃이 여전하다면 하영과 함께 벚꽃을 보러 소풍 같은 걸 가볼까, 싶었다. 아마도 몹시 좋아서 활짝 앞니를 내보이며 웃을 얼굴이 선했다. 혼자 속으로 대상 없는 대화를 보낸다.

'저기, 왜인지는 모르겠는데 여긴 항상 비가 내려.'

암막 커튼을 쳤다. 빗소리가 조금 옅어졌다. 분홍색 물은 흘러 바다로 간다.

2

그때 무렵에도 나 역시 내가 심히 역겨워하는 부류의 사람 중 하나였다. 그리고 좋아했든 어떠했든 노래의 마지막 부분까지 듣지 못하고 넘겨야 하는 강박 같은 것이 있었다. 아마도 그게 무엇이든 끝이 너무 두려웠기 때문일 것이다.

"아직도 밖에 비가 내리고 있어요, 오빠. 이 비가 벚꽃들을 다 떨어트려 버린다든가 우리 햄스터를 춥게 만들거나 하지는 않겠죠? 그렇죠?"

한 개 이상의 질문들을 연달아 던지며 불안해하는 소녀를 잠시 진정시키기 위해 커튼을 걷고, 창문을 활짝 열어 비가 내리는 하얀 도화지에 가까운 하늘을 보여주었다가 나는 손가락으로 짚 앞, 하영과 나 둘이서 짧은 시간 키웠던 햄스터가 잠든 벚꽃 나무가 있는 곳을 가리키며 말을 했다.

"춥지 않을 거야. 벚꽃이 따뜻하게 덮어 줄 거거든"이라 말하며 불안해하는 하영의 손을 꼭 잡아 주었고 잠시 멍하니 하늘에서 떨어지던 비와 눈물 흘리듯 벚꽃을 떨어트리는 벚꽃 나무를 바라보았다. 그때 까먹고 먹지 않았던 약을 떠올리곤 책상 위에 약을 찾아 입에 털어 넣었다.

커피를 데우기 위해 올려놓은 주전자에서 물이 끓는 것을 기다리다 지친 나는 그냥 담배를 물고 창가로 갔다. 한 번의 연기. 하영은 내가 담배 피우는 것을 좋아했는데, 특히나 연기가 뿜어져 나오는 것이 신기하다나. 하영은 나이에 비해 그런 소녀 같은 모습이 많은 여자였다. 나이가 들어도 잃지 말았으면 하는 모습이다.

커피 물이 드디어 끓기 시작했을 때쯤에 나는 벽에 기대어 빗소리와 밖의 도로 위, 비를 가르며 앞으로 나가는 자동차들의 소리에 귀 기울이며 점점 얕아지는 정신을 그대로 흘려보내 버리는 대신 더욱 소리에만 집중했다. 마음이 조금 편안해지는 기분이었다.

문득, 이미 떠났지만 오랜 잠에 빠진 햄스터가 잠들어 있는 곳이 걱정되었다. 어느새 나한테 기대 잠들어 있는 소녀를 침대 위로 눕히고 이불을 덮어준 다음, 나는 불안감에 코트 하나 걸치지 않고 아직은 셔츠 한 겹으로는 추운 비 내리는 봄을 비집고 우산에만 의지해 밖으로 나섰다. 하영이 걱정하던 것들이 그녀가 잠들자 내게 이사라도 온 것일까. 불안감은 커져갔다.

도착한 큰 벚꽃나무 아래 작은 둔덕은 정말 다행히, 아무런 일 없다는 듯 평안했고 벚꽃도 마치 이불같이 포근하게 덮혀져 있었다.

다시 대답 없을 대화를 묵묵히 보낸다.

'저기 왜 인지는 모르겠는데 여긴 항상 비가 내려.'
'잘 버텨내고 있는 거겠지?'

빗소리는 잦아들고 있었다.

・・・・・・・・・・・・・・・・・・・・・

그로테스크한
맛의 담배를
사기 위한
오전 1시 32분의
비행기 표

・・・・・・・・・・・・・・・・・・・・・

어이, 기즈키 여긴 정말 말도 안 되는 세계야,
하고 속으로 되뇌어 보았다.
−무라카미 하루키 《노르웨이의 숲》 중에서

.0

시원함과 위로의 바람을 가져다주는 바다도, 어떤 목소리도 없는
침묵의 숲도 그 어느 곳도 가고 싶은 곳이 없다. 하고 싶은 일, 해야
만 하는 일까지도. 무엇을 해야만 할지 알 수가 없다.

안녕, 한때는 내가 알았던 사람아

영화를 보려고 늦은 밤, 밖에 나오기는 했지만 영화는 볼 수가 없었다. 적절한 두통을 유발하는 치통 탓에 집중을 못할 것이 뻔했다. 그리고 열두시의 영화관은 애초에 잠 못 드는 사람들을 위한 생각 유발 영화밖에 상영하지 않는 탓에 오늘만큼은 영화관은 아니었다. 통증 섞인 불면증에는 차라리 맥주 한 잔이 더 효과가 있다.

집 바로 앞에 있는 호프를 가서 세 잔을 다 마셔갈 때쯤, 창밖에는 비가 오는 듯 마는 듯 내리기 시작했다. 끈적한 기분 나쁜 날씨는 에로와 로맨스의 경계가 불확실해 등급과 장르 결정을 내리기 힘들어 결국 이도저도 아니게 15세 관람가로 나온 영화처럼 마치 모든 것이 산만하다고 느껴졌다. 아마 우리가 그랬던 것처럼. 이제는 잊혔으면, 차라리 서로를 죽일 듯 혐오했으면, 딱 당신이 보낸 문자만큼만 미워했어도 이렇게까지 힘들지는 않았겠지. 우리는 항상 잃고 난 후 또는 이미 늦어버린 후에야 하지 못했던 것들, 했어야만 했던 것들에 후회하고 아파하며 또다시 후회를 반복한다. 상대가 가질 상처보다는 아닐지라도 후회하는 자의 가슴 또한 쓰리고 먹먹해진다.

사람에게 받는 미움과 아픔은 익숙해지긴 하는 것일까. 여전히 나는 모르겠지만, 그 반복되는 고민에 밤새워 뒤척이다 스트레스마저 당연하다고 느껴져 체념하게 하는 순간 비로소 잠이 들 수가 있었다.

몸을 돌려 샤워실로 가 미지근한 물에 샤워한다. 머리 위로 물이 떨어져 얼굴로 흘러내리는 순간 희미한 담배 냄새가 물에 섞여 함께 씻겨 내린다. 적당히 아무거나 좋다는 생각에 대형마트에서 손에 잡히는 대로 샀던 샴푸를 머리에 묻히고 기분 나쁜 악몽 냄새와 기억을 흘려보내려는 그때. 언젠가 장소도 사람도, 그리고 나조차도 증오했던 벌써 십오 년도 더 지난 어릴 적 내가 살았던 곳에서 젊은 시절의 엄마가 즐겨 썼던 샴푸의 냄새를 직감적으로 알아차릴 수가 있었다. 그때 그 시간, 햇빛이 잘 비추지 않던 언제가 내가 살았던 그곳의 기억. 잊고 싶지만 그럴 수 없는 것들. 분명 기분 나쁜 시절 속의 단편적인 기억임은 확실하지만 짐짓했던 만큼 그 향은 불쾌하지 않았다. 이사를 하는 날마다 침대를 옮기려 들었을 때 그 밑에서 이미 포기했던 많은 오래된 사진들이 담긴 유에스비를 찾아버린 느낌, 정도였다.

눈은 감고 대신 입을 크게 벌려 숨을 쉰다. 여전히 물은 머리 위로 떨어지고 샴푸는 씻겨 내린 지 오래였다. 코끝 냄새에 집중한다. 기억은 흐르고 그 위로 사람이 떠내려간다. 이제는 이름도 모를 그들은 내 기억 위에서 어떻게 지내고 있는지 한 번 안부를 물어봤다. 그럭저럭, 잘 지내고 있다고 했다. 냄새로나마 내게 남아있는, 떠나간 그들의 기억들은 한 움큼 빠져버린 머리카락 뭉치를 수챗구멍으로 흘려보내는 느낌이었다. 이렇게 흘려보낸 그들이 언젠가 뭉쳐 씻겨 내려가야 할 구멍을 막게 되었을 때 차라리 샤워하자고, 냄새라도 좋으니 내 코끝에는 좋았던 향기만 맴돌기를. 그게 향수라면 코가 아려올 만큼, 술이라면 다음 날 정신을 못 차릴 만큼. 잘 가라 어제와 내일의 냄새들아 돌아올 때만큼은 다시 한 번 내 가슴을 울려주어라, 라고 생각하며 샤워를 마친다.

카디건의 틈새 사이와 내 얼굴에 그대로 부딪히는 바람은 가을과 봉오리가 다물어진 초봄에나 느낄 수 있는 특유의 진한 그리움과 외로움이 섞여 엉켜있었다. 갑작스레 다시, 몹시 일본으로 돌아가고 싶어졌다. 겨울의 일본, 지난 그 겨우내 내게 다가왔던 감정들을 다시 가져다주었으면 좋겠는데. 새로운 노래들과 책을 가지고, 다시 한 번 지나간 그때들로 찾아가고 싶었다. 조금은 다른 무언가를 얻고 싶다든가 따위보다는 그저 다시 순환되는 구름처럼 돌아갈 곳이 비행기 계기판 좌표처럼 정확한 것이 결코 아니라 하더라도 돌아가야만 하게 되는 그런 곳. 어서 코트 입는 겨울이 다가왔으면.

회색 여자 역시 겨울을 좋아했는데 몹시 더웠던 어느 여름, 내게 말했던 것이 기억난다.

"이 계절에 내가 좋아하는 건 꽃뿐이에요. 겨울의 나무만큼은 아니지만."

3년 전 내가 아직은 미숙했던 시절 만났던, 나와 쌍둥이가 아니냐는 의문이 들 정도로 닮았던 '회색 여자'라 불리던 그녀의 이름은 시오리였다. 그녀가 왜 회색 여자라가 불리는지 당시에 나는 알지 못했다. 내가 알지 못하던 수많은 것 중의 하나였기에 크게 신경은 쓰지 않았었다. 내가 크게 신경을 쓰고, 회색 여자의 의미를 알게 된 것은 그녀가 사라지고 난 지 딱 1년 후의 여행에서였다.

  5년 전에는 지금보다는 주변에 사람이 많은 편이었다. 그렇다 해도 맘 터놓고 새벽에 만날 사람이라 해봤자 한두 명이 고작이었지만 지금보다 나았던 것은 확실하다. 사람이 많다고 해서 외롭지 않은 것은 아니다. 외롭다면 외로운 거다. 그때 당시 나와 함께 자주 여행을 다니거나 함께 담배를 피우며 시간을 보내던 친구가 있었다. 그 역시 원래 있었던 곳에 싫증을 느껴 도망쳐 온 것이 분명하다는 것을 알게 되었을 때 우리는 자연스레 친구가 될 수 있었다.
  그를 알고 난 뒤 내 주변은 모두 쓰레기였다는 것을 알 수 있는 여러 계기가 있었다. 조금은 특별한 감성을 지닌 사람이었던 것은 확실하다. 이목구비가 뚜렷하여 어디서나 호감을 받을 외모였으며 패션이나 말투 등에서도 존재적 가벼움이란 느껴지지 않는 사람이었기에, 어디서든지 사랑을 독차지하는 사람까지는 아니었으나 미움을 받는 사람 역시 아니었다. 눈에 크게 띄지는 않지만 묵직한 존재감을 차지하는 그런 사람. 단어 선택 또한 신중한 사람이었기에 사람들의 믿음을 쉽게 얻는 사내였다.
  어쨌든 그런 그와 심각히 평범했던 나를 중심으로 여러 명의 사람이 붙었다 떨어져 나감을 반복했지만 결국 남은 것은 나와 그뿐이었다. '그'라고 칭하는 건 그는 자신의 본명으로 부르는 것을, 특히나 풀 네임으로 부르는 것을 굉장히 혐오했기 때문이다. 언젠가 모임에서 굉장히 유치한 네임을 가지고 와서 그것으로 불러달라고 했다. 그 이후로 쭉 나는 그를 'J'라고 부르고 있으며 이제는 그의 본명은 사라지고 J가 내가 아는 그였으며 전부였다. 물론 그의 본명을 부르는 일이 전혀 없지는 않았다. 이니셜로 사람을 부르는 거는 꽤나 얼굴 붉어지는 행동이었으니까. 그건 본인도 알고 있는 듯 내가 본명으로 불러도 딱히 싫어하지는 않았다. '진영' 그만의 친근함에 대한 표시라고 생각했다.

한때 꽤 많은 수의 사람들이 모이던 때에는 다 같이 연말 모임을 하곤 했는데 이제는 J와 나만 나오게 되어 마땅히 남자 둘이서 할 것도 없고, 한 해의 마지막까지 취해버려 연초를 숙취로 시작하기는 싫었기에, 남자 둘이서 취하지 않을 만큼의 술을 한 잔씩 나눴다. 그러고도 아쉬워 적당한 얘기를 더 하기 위해 길거리에서 그나마 사람이 없는 곳으로 가기로 했다. 연말 저녁의 스타벅스는 한산했다. 아이스 아메리카노를 두 잔 주문한 뒤 아무 자리나 앉았다. 흡연실이 없는 카페에서 자리는 무의미했다.

적당한 취기 탓인지 연말 특유의 우울함 탓인지 잊으려 하던 생각들이 하나씩 예고 없이 찾아온다. 막상 곁에 있는 것 같으면서도 쉽게 다가가기가 힘들었던 이미지의 회색 여자를 적지 않은 수의 사람들이 사랑했다. 그런 면에서 나와는 달랐다. 막상 다가가려고 준비가 되어있다고 생각했을 때는 겨울이 되어 이미 나의 손이 들어갈 코트 주머니의 자리는, 그래. 이미 없었다.

쉽게 들어가기도 힘들며 아예 문이 닫혀버린 것 같은 착각을 불러일으키던 그녀. 그런 그녀가 조금이라도 잘못되어버릴 거라는 생각만 해도 마음이 아파져 온다. 어쩌면 금방이라도 눈물이 함박눈처럼 쏟아질 것 같은 느낌. 내가 아는 그녀는 모든 것이 절박했다. 살짝 뭉쳐버린 목으로, 첫 단어를 내뱉을 때 굵은 목소리가 엉킨 채로 튀어나왔지만 J는 웃거나 하지 않았고, 나는 곧 제대로 소리를 고쳐 얘기한다.

"흠. 있잖아. 그녀가 좋은 남자를 만났으면 좋겠어, 앞으로. 솔직히 배가 아픈 것은 사실이야. 질투할 만큼 틀어져 버린 우리 사이를 다시 되돌려버리고 싶게 만들 만큼."

J는 흥미로운 표정으로 내게 묻는다.

"다시 되돌리고 싶다?"

"하지만 그런 건 이제 불가능한 이야기니까. 내 말은 그만큼 감정이 오묘하단 거야. 그래도 있잖아? 앞으로도 그녀가 지금처럼 꾸준히 잘 되었으면 좋겠단 거야 내가 자신을 놓친 걸 땅을 치고 후회하게 할 만큼 잘 살아줬음 좋겠다고."

J는 토론의 진행자처럼, 혹은 그녀의 이혼소송 변호사처럼 내 말이 끝나기 무섭게 쏘아붙였다.

"혹시나 그녀가 잘못된다면, 그녀 자신의 실수로 잘못되었다 해도 네 탓이 아닐까 해버리는 죄책감 탓은 아니고?"

나는 일어서 테이블 위 스타벅스 그란데 사이즈 일회용 컵 두 잔을 트레이 위에 옮겨 담으며 마저 얘기했다. 어차피 주변에는 우리 얘기를 들을 사람 따위는 없었다.

"될 수 있다면 최대한 오랫동안 많이 미안해하고 싶어. 그녀가 지

금 혹여나 나를 용서했다고 쳐도, 당시 내가 놓쳐버린 것들과 이제
는 거짓말이 되어버린 수많은 약속에 대한 혼자만의 속죄라도 할
수 있게 우리가 만난 시간 만큼만이라도 미안해 해보려고."

J도 마저 일어서며 잡다한 것들을 치우며 답했다.

"나름 언제 깨질지 궁금한 예의네."

J의 말에 나는 멋쩍은 듯 살짝 소리 내어 웃었고, J도 함께 웃곤
함께 커피숍을 나섰다.

담배 한 모금.

"지겹도록 들었지. 술만 마시면 하는 이야기가, 모두 그거니까."

J는 그렇게 퉁명스럽게 대답하면서도 그 누구보다 내 이야기를
공감하며 들었다. 그래서 내가 유일하게 그 앞에서만 무언가를 털
어놓을 수 있는 이유라고 생각했다. 담배를 태우던 J는 입김인지,
담배 연기인지를 뱉어내고는 이렇게 얘기했다.

"혼자 담배를 태우는 시간만큼 외로운 시간은 없지."

나는 답했다.

"그런가."

딱히 가고 싶은 곳도, 갈 곳도 없는 애매한 새벽의 시간에 나와 그
는 차라리 걷기로 마음을 먹고 무작정 시내를 걷기 시작했다.

길거리의 사람들은 해가 지든 떠 있든 행복한 듯 웃고 떠든다. 뭐
가 그렇게 할 말들이 있으며 행복한지 만약 이유가 없다고 한들 그

들이 부럽다. 언제나처럼 이야기의 주제에 상관없이 누군가 말을 먼저 꺼낸다.

"정말 별거 아니라 생각했던 한마디가 밤마다 괴롭히더라." 먼저 이야기를 꺼낸 사람은 나였다. 10분의 당연한 침묵은 그렇게 끝난다.

"네게 그 말을 전했던 그녀도 밤새 괴로워하고 있지는 않을까."

"네 말대로라면, 괴로운 게 아니라 행복한 것 같네."

나는 쓰게 이를 내보이며 웃었다. 회색 여자는 자기 앞에서 한 번도 웃지 않는다고 굉장히 불만을 표출하곤 했었다. 다시 J는 한숨을 쉬듯 답을 하곤 마저 담배를 피웠다.

"글쎄."

J가 왼손에 있던 담뱃갑에서 엄지와 중지로 담배를 한 개비 꺼내어 입에 문 뒤, 코트 안주머니에 두었던 은색 지포 라이터를 찾기 위해 다리부터 엉덩이 쪽 주머니까지 뒤지는 어설픈 모습이 잠시 아주 잠시나마 마치 회색 여자의 사소한 습관들 같았다. 일부로 찾지 않는 듯 담배와 밀고 당기기를 하고 있지는 않은지 결국 보는 사람이 답답해질 때쯤 반대쪽 안주머니 안에 있음을 능글맞게 알아챈 그는 능숙하게 불을 붙인 뒤 한 모금 내쉰다. 한 모금, 기분 좋은 연기가 그의 입을 통해 퍼진다. 그때 또 한 번 당신의 계절은 잊혀간다.

.2

이 이야기는 사랑하던 사람들이 사라져 버린, 그녀가 곁에서 사라져 버린 지 딱 1년째가 되던 그 해 겨울의 이야기다. 그녀는 내게 1년 만에 처음으로 보낸 한 통의 메시지에 적힌 내용은 이것이 전부였으며, 더는 내가 그녀를 사랑하고 있다는 것을 보여 줄 방법도, 증명할 방법은 더욱이 없었다.

-1월 1일 오전 1시 32분
"요즘은 있잖아. 나 스스로가 어떤 누군가에게 사랑을 받고 있을 거라는 생각을 한다는 자체가 참 어색하고 상상이 가지를 않아. 이상하지."

메시지를 받고 더 이상 나는 무언가 적기를 포기했다. 무엇을 만들어 낼 수가 없었다. 이런 정신 상태로 글을 적어내며 최악의 삶을 살아가는 사람의 글은 아무도 읽지 않을 것이다. 그런 느낌에 J를 불러내어 동네의 작은 술집에서 맥주 따위나 마시기로 했다.
먼저 가게 앞에서 담배를 피며 기다리고 있으니 20분 쯤 지나 그가 도착했다. 맥주와 닭고기 꼬치 따위를 시키고 혼자 두 잔을 비워 갈 때쯤. 그날의 J는 휴대폰의 5인치 액정 속으로 빨려 들어가 버리지는 않을까, 하는 의문이 들 정도로 무엇인가 뚫어져라 쳐다보다 그 시간이 아주 조금, 지루하다고 딱 느껴질 때 쯤 내게 말을 했다. 아마 내 페이스 북을 본 것이 틀림없다.

"웬만하면 지금은 여자관계 멀리하는 게 좋겠는데."

"그럴 관계도 없다는 거 알잖아." 진심이었다.

"애초에 만들지 말라는 거야."

나는 할 말이 없었다. 그는 틀린 적이 없다. 적어도 남에게 이야기할 때만큼은.

그날 얼마나 마셨는지도 기억이 나지 않지만 어떻게 집에 도착하여 바로 침대에 눕자마자 잠에 들었고, 다음 날 오후쯤 눈을 뜨자마자 나는 무작정 울 수밖에 없었다. 꿈에서 회색 여자가 나올 때마다 나는 그저 우는 것밖에 할 게 없었다. 이제 내가 운다고 해서 바뀔 나이는 아니라는 것을 잘 알지만 어찌할지 모르겠다. 그저 운다. 꿈 일기를 적었다. 이런 내용이었다.

−1월 14일, 꿈 일기

시간이 느려진다. 강의실 밖(배경은 작년 내가 졸업 한 대학이었다), 복도의 저 끝에서 그녀가 나의 얼굴이 아닌 내 방향 쪽 복도를 바라보며 언제나 그늘져 있던, 만나서부터 헤어지기 직전까지의 적어도 나의 앞에선 항상 지울 수 없던 근원적 우울함이 묻어있던 표정이 아닌, 천진하며 가벼운 걸음으로 3층 창밖 만개한 벚꽃으로 착각하게 만드는 웃음과 함께. 항상, 아니 언젠가는 보고 싶었던 지금은 늦어버린 낯설며 그리운 얼굴을 보이며 세상의 끝에서 나의 쪽으로 다가온다. 마치 내게 온다면 안아 줄 수만 있을 것 같다. 더 이상 누가 더 피해자이고 피의자인지는 상관없다. 내가 다 잘못한 것이니까. "자, 나에게 안겨도 돼"라는 말이 가슴을 지나 목을 타고 벌어진 입술의 틈 사이로 비집고 나오기 바로 직전에 언제나처럼. 그녀는 사라졌다. 안아주기에는 이미 늦었다.

이렇게 생각했다. 아마 그녀는 내 죄책감이 만들어 낸 허상이 아닌 진짜 그녀 그 자체였을 거라고. 그녀는 내가 우물쭈물하는 사이에 지나쳤고, 그녀를 기다리고 있는 누군가에게 가 버렸다고. 그런 그녀에게 나는 도저히 고개를 들어 그 웃는 얼굴과 상반되는 우울함이 안개처럼 가득 찬 내 얼굴로는 마주할 자신마저도 없었다. 또다시 그녀에게 나의 우울함을 전이 시킬까봐. 이미 거부한다고 거부할 수 없는 계절과도 같은, 그녀에게 다가온 봄을 내가 앗아가고 겨울이 되어버려 몸살을 걸리게 할까봐, 이제는 내 세상 자체에서 사라져 버릴까봐. 회색 여자가 내게 말한다.

"넌 나를 한 번도 소중하게 대해준 적이 없어."

요즘, 꿈에서 그녀가 자주 보이기 시작했다. 꿈을 자주 꾸지 않는 나지만, 가끔씩 꾸는 꿈에서는 항상 나타나 싸우기도, 가장 좋았던 순간 이상으로 행복한 시간도 보냈었고(그런 꿈을 꾼 날들은 기분이나 컨디션이 최악이었다) 때로는 모르는 존재가 되기도 했다. 강의실의 구석 창가 자리에도, 복도 저편에도 그리고 버스를 타고 지나가다 보면 창밖에도 거닐고 있었다. 매일 새벽, 아마 해가 뜨기 직전에 다다라서 지긋지긋한 불면증에 이끌려 이제는 체력이 바닥나 그대로 잠에 끌려가 버리기 바로 전마다 나는 하나의 의식, 습관처럼 그녀 외의 짧게 던지 길게 던지 스쳐갔던 여자 친구들의 페이스북과 그 외 모든 흔적들을 쫓아갔고 바라봤다.

도대체 당신은 왜 그랬을까. 그게 알고 싶었다. 사진 속의 그녀들은 하나같이 웃고 있었다. 나 또한 사진의 안에서 만큼은 미소 짓고 있었다. 아마 공통점이 있다면, 서로 사진 속 안에는 나든 그녀들 곁이든 사람들이 자리 잡고 있었다. 당장의 외로움을 부정하려는 듯. 마치 '나는 잘 지내, 너보다 훨씬'이라는 것을 자랑하고 혹은 경쟁하듯이, 하지만 서로의 곁에 '진짜 사람'은 없으리라고. 그래도 언젠가 저 사진은 다른 남자와, 그리고 웨딩드레스를 입고서 멀게는 가정을 꾸리고 내가 아닌 사람의 아내가 되고 엄마가 되어있겠지, 라고 생각하니 드는 느낌은 잔인하다 자체였다. 아직도 우리가 아닌 우리들은 이렇게, 각자가 되어버린 각자에게 아직까지도 그 어디에서도 차단해버리지 못한 채 유치한 감정게임을 이어간다. 그렇게 오래 가지는 않을 거라고 생각한다. 섭섭하겠지.

그녀들 사진 속의 남자들에게 질투를 느낀다. 그날 밤, 나는 또 회색 여자를 본다. 언젠가 한 달 정도 만났던 나보다 2살이나 어렸던 여자의 페이스북이 삭제되기 혹은 차단되기 전에는 이러한 글이 올라왔다.

'넌 미쳤어, 제발 정신 좀 차려.'

오늘만큼은 미치지 않는 당신들이 조금 야속하다, 생각하고 잠에
들어버린다.

.3

이 회색도시. 하늘마저 회색인 도시에서 만났던 회색 여자는 당시 나름대로 인지도가 있는 출판사에서 편집자로 있었고 나는 그곳에서 작은 업무들을 건네받아 처리하는 등의 아르바이트를 하며 학비 따위를 벌고 있었다. 그 덕에 그녀와 나는 이름 정도는 알 수 있었던 사이였으나 당시에는 우리가 2년이라는 시간을 만나게 될지도, 그 이후에 누군가 한 명은 나머지 한 명을 평생 잊지 못하거나 증오하며 살아가리란 것을 알 도리가 없었다.

나는 한 세달 쯤 일을 하다가 한 번은 출판사의 회식 자리에 우연찮게 참여하게 된 적이 있었다. 사람이 많은 자리를 싫어하는 나로서는 최악이었다. 그래도 세상에는 거절만 하면서 살기에는 먹고살 수가 없었다. 나 말고도 글을 쓰는 사람들을 한 줄로 이어도 지구를 세 바퀴는 감을 수 있을 것이기에, 이 말은 지겹도록 대학의 교수들에게 들었던 말이다.

나는 어른 되시는 분들의 기분에 맞춰 적당히 술만 마시고만 있었다. '나와 비슷한 생각을 하는 사람은 없을까' 하고 무엇을 찾는 척을 하며 주변을 둘러보았을 때 다행히도 누군가가 있었다. 고급스런 감색 카디건을 걸친 162cm정도의 너무 크지도 작지도 않은 키에 너무나 하얘 핏줄이 보일 것 같은 피부와, 검은 생머리를 가진 화장기가 없는 무표정의 예쁜 여자. 분명 그녀도 이 자리에 혐오를 느끼고 있었다.

편집실의 츠다 시오리였다. 출판사에서 유일하게 예쁜 미모에다가 신비한 매력을 지녔던 그녀이기에 동료 아르바이트생들이나 노총각 상사들과 모여 담배를 피우는 순간마다 그녀에 대한 여러 가지 루머가 오고갔다. 사장의 내연녀이니, 사실은 레즈비언이니 따위의. 오히려 그런 것들 탓일까 나도 그녀에게 호감은 없었던 것은 아니다.

마침 그녀가 화장실을 가러 잠시 자리를 나서는 순간 나도 일어나 그녀를 따라갔다. 화장실을 가는 줄만 알았던 그녀는 가게의 뒤편에서 담배를 피우려는 듯했다. 시오리가 담배를 피우는지는 전혀 몰랐다. 취기 탓인지, 그런 건 상관없는 일이라는 듯 당당히 다가가 라이터로 그녀의 입에 물려있던 말보로에 불을 붙였다.

"안녕하세요. 직접 뵙는 건 처음이네요"라고 말하곤 악수를 청했다가 거절당했다.

손은 공중에 잠시 홀로 머물렀다. 민망했다. 그녀는 자신의 입에 물려있는 이미 불이 붙여진 담배를 가리켰다. 적당히 취한 것 같아 보였다. 분명 기분 좋은 취함은 아니라는 것은 갓 스무 살이 된 대학생 새내기도 알 수 있는 표정이었다. 나도 옆에서 담배를 두 개비 정도 피워 갈 때쯤 그녀는 내게 말했다.

"조금 있다가, 내가 먼저 나올 테니 따라 나와요."

거절할 이유가 없었다.

그녀도 이런 도망을 원했던 것 같았다. 집에 가기에는 아쉬운 시각이지만 그렇다고 이런 자리는 싫다. 충분히 동질감을 느낄 만했다. 자리로 들어가 그녀는 마저 편집할 업무 탓에 돌아간다 말하고 나왔으며, 잠시 후 나도 "지금 쓰고 있는 글 탓에" 따위의 어설픈 변명을 대고 자리를 나왔다. 그녀와 다르게 내가 자리를 뜨는 것에 아쉬워하는 사람은 없었다. 서글프진 않았다. 아르바이트생과 작가도 아닌 글을 쓰는 사람을 반겨줄 곳은 아무 데도 없다는 것을 너무 잘 알았다. 가게를 나오자 옆 골목에서 그녀가 손짓했다.

"여기야. 여기."

감색 카디건 위에 베이지색 코트를 걸친 그녀가 팔짱낀 손에서 한 손을 조심스럽게 뺀 뒤 손짓하며 발을 동동 굴렸다. 12월의 오사카는 너무나 추웠다. 어딘가 들어가야만 했다. 그렇지 않다간 냉동고에 처박아두고 먹지 않은 타코야키가 되고 말 것이다, 라는 위기감이 들었다. 그렇게 작은 선술집으로 들어가 우리는 참아왔다는 듯이 술을 마시기 시작했다. 몸이 따뜻해졌다. 여러 가지 회사의 뒷얘기 따위를 주고받다 개인적인 질문을 하기 시작했다. 통성명 따위의 시답잖은 질문은 과감히 생략한 공격적인 대화 방식이었다. 연상의 여자들은 시간이 아깝다는 듯 매번 적극적이었다.

"당신 글…. 매번 읽으면서 느끼는 게 있어. 당신은 어떻게 해?" 그녀가 말했다.

"내 글이 어쨌는데요?" 나는 내 글을 그녀가 읽었다는 게 몹시 기뻤다. 물론 업무 탓이었겠지만.

"당신은 지쳐 있을 때도 남에게 화풀이하지 않는 사람이잖아. 감정을 드러내고 푸는 건 나뿐일 거란 기분이 들어버려. 그건 어째서지?"

그녀의 말은 신기하게도 다 들어맞는 이야기였다. 그러나 내가 보내던 작은 단편과 에세이와 기사문 등 잡다한 명확한 주제 없는 글들의 더미를 누군가 그렇게 자세히 읽을 것이라곤 상상도 하지 못했다. 그게 편집자라고 해도 말이다. 솔직히 당황했었다. 사실대로 말하기로 했다.

"그런 건 전혀 몰랐는걸요."

"아마도⋯."라고 말하고, 그녀는 스스로 한 잔 따라 쓰게 입에 털어 놓은 뒤 말을 이었다.

"당신 속에는 끝이 없고 작은 빛조차도 통하지 않는 깊은 우물 같은 것이 펼쳐져 있는 게 아닐까 싶어. 거기를 향해 '임금님 귀는 당나귀 귀' 따위를 외치면 여러 가지 것들이 그냥 해소가 되는⋯. 그런 것이 있을 것 같아."

나는 그녀가 말한 내 안에 있는 '깊은 우물'에 대해서 생각해보았다.

"어쩌면 그럴지도 모르죠."

그 이후 자주 우리는 단 둘의 술자리를 가지게 되었고 그녀의 업무가 없는 날이면 하루 종일 작은 대화를 가졌다. 산책 하는 날들을 보냈다. 어느 하나도 불편하지 않았다. 그렇게 두 달이라는 시간, 내가 여전히 장편소설을 적지 못하고 단편소설만 엄청난 양을 적어

대던 봄의 시작에 산책 중 그녀는 내게 말했다.

"세상에는 좋은 사람과 나쁜 사람들이 지극히 적당한 균형을 지켜내며 살고 있어. 어느 한쪽에도 치우치지 않은 채 공정한 기회를 절대자처럼 내려다 지켜보는 것. 그것이 세상이고 지금이 되어서야 그게 삶이 아닐까라고 생각해. 그리고 당신은, 적어도 나한테 만큼은 좋은 사람이 분명해."

그녀의 대화는 일기장처럼 순수했고 솔직했다. 내가 도저히 적을 수도 뱉을 수도 없는 문장을 준비를 했든 그대로 뱉어냈든, 나는 그 단어들에 감탄하고 있다가 그녀의 눈물을 본 순간 그것이 만남의 시작을 여는 말임을 늦게야 깨달았다. 그렇게 2년의 시간과, 2년을 잊으려는 여행이 시작되리라는 것을 어린 나는 도무지 알 수가 없었다. 그저 받아들이고, 안정감을 찾고 싶었다.

녹아 딱딱해진 눈의 위, 언젠가 내가 혐오하던 사람들을 지탱하던 오사카의 도톤보리 시내 한복판에서 말을 끝마친 그녀의 볼을 잡고 정확한 16초 동안 그녀에게 입을 맞추었다. 느껴본 적 없던 색채였다. 회색 무미건조한 눈은 오로라를 연상시키는 연녹색이, 늙은 강아지의 눈 같던 흐리멍덩한 하늘은 고급스런 감색이 되었다. 2년의 시작을 알리는 16초가 지나고, 그 다음 날이었다. 정말인지 오랜 시간 만에 여자에게 사적인 이유로 메시지가 왔다.

"잘 잤어요? 하루 종일 당신 냄새만 내 코끝에서 맴돌았어."

그녀였다.

그로테스크한 맛의 담배를 사기 위한 오전 1시 32분의 비행기 표　　83

.4

"언제나 신선한 게 좋아. 해산물이나 과일 같은 거도 그렇지만 사람이 살아가며 겪는 해프닝도 말이야. 신선하고 파릇파릇해야 한다고. 동태눈처럼 눈과 말투마저 삭막한 사람들은 그 삶마저 푸석푸석 마른 바나나 같단 말이야. 신선함과 새로움. 그게 나는 필요하고 두근거리게 만들어. 너 역시 그렇기에 내가 네 옆에 있는 거니까. 나 역시 신선하고 질리지 않는 내가 될 테니까 버리지 말아줘 날."

"그런 일은 결코 없을 거야. 맹세해."

"그렇게 말하던 남자는 다 헤어졌는데?" 그녀는 내 앞 머리를 빙빙 꼬아대며 이야기했다.

"그 사람들은 마른 바나나였겠지." 나는 그녀의 배에 기대고 있던 머리를 그녀 얼굴 쪽으로 돌려 눈을 보며 이야기했다.

"맞았어. 당신은 다를 거야." 그녀는 내 머리를 쓰다듬었다.

그녀의 배에 기대어 책을 읽는 시간은 앞으로도 그렇겠지만, 예전의 그 어느 곳에서도 느껴보지 못한 안정감을 느낄 수 있었다. 과거 어머니가 주지 못했던 그런 모성애를, 비록 나와 몇 살 차이도 나지 않는 그녀지만 바랐는지도 모른다. 그 외에도 다양한 생각들을 하게 만드는 그녀의 배 위에서 이런 생각을 했었던 적이 있다.

'정말 사랑하는 사람의 생각을 하면, 내가 정말 사랑하지 않았던 사람과의 차이점이 있다'는 생각이었다. 그것은 대상을 떠올렸을 때 느껴지는 따뜻함과 향기, 그녀의 피부가 나의 피부가 된 것인 마냥 착각을 불러일으키게 하는 포근하며 '우리는 원래 하나였어'라고 내뱉으며 단 일순간도 떨어지기 싫게끔 만드는. 어쩌면 사랑하는 그녀의 작고 하얀 배에 머리를 기댄 채라면 그대로 잠들어 죽어버려도 후회하지 않을 거라는 행복함에 질식되어버리는 순간들. 그런 것들을 생각하는 자체만으로 나를 무력하면서도 충동적이지만 그렇기에 더욱 심각히 이성적이게 만드는, 그런 사람이. 내가 정말 사랑하는 기준이 아닌가를 나는 기대어 생각하며 눈을 감는다.

가끔은 그때 이미 삶의 행복을 다 끌어써버린 탓에 마른 바나나 같은 삶을 살고 있는지 모르겠다는 생각이 들기도 한다. 아무튼, 그녀가 직장으로 돌아간 뒤 혼자 남은 작업실에 있는 평범한 보통의 시간들 속에서도 그저 간단한 연락과, 그녀가 있었던 흔적들을 볼 때마다 나도 모르게 지어지는 미소는 그녀를 정말 많이 좋아하고 있다고 확신하는 계기들이었다. 이미 삶의 중심이 되어버린 그녀였다.

하지만 나와 있을 때와는 달리 그녀는 주변 사람들에게 색채가 다양한 사람이 아니었다. 그것은 그녀와 만나기 전에는 나도 분명히 느끼고 있었던 것이다. 특히나 잠이 많아 학창시절부터 고생이었던 그녀는 직장에서도 종종 잠을 과하게 자버려 지각하거나 하는 일이 잦았는데 그 탓에 상사에게 혼이 나고선 나에게 이렇게 말하곤 했다(회사에는 털어놓을 친구가 없는 것 같았다).

"사람이 자는 걸 비난해서는 안 돼. 그건 숨 쉬는 걸 욕하는 거나 다름이 없단 말이야. 20분 쪽잠을 자든, 이틀 내내 잠을 자다 죽어 버리든 그걸 결코 비난하거나 윤리적으로 판단내릴 기준은 우리에게 없단 말이라고."

굉장히 격앙되었던 그녀는 한숨을 돌리고 난 뒤 계속 이어 말했다.

"그러니 깨우려하지 마. 알람도 맞춰두지 마. 난 잘 테니까."

"그래, 잘 자. 일어나면 연락해."

"자기도 잘 자. 안녕."

그녀는 그렇게 20시간을 곧장 자버리고 다음 날 비슷한 시각에 연락이 와서 내게 밥을 먹자하곤 했다. 정말이지 이해 불가능한 수면 시간에 맞추는 나 역시도 힘들었다.

가끔은 30시간, 40시간도 연락이 안 되던 그녀가 걱정되어 작업실에서 30분 정도 떨어진 곳에 있는 그녀의 원룸에 급하게 찾아가보면 집에는 한 줄기 빛이 들어올 틈도 없이 막아둔 뒤 미동 없이 죽은 듯 그녀는 자고 있었다. 물 없는 가습기만 돌아가고 있었다.

종종 살아있기에 더 걱정이 되곤 했다. 가끔은 내 잠을 빼앗아 가는 것은 아닐까, 하고 진지하게 고민하기도, 병원도 데리고 갔지만 역시나 아무 문제도 없었다.

그렇게 우리의 시간이 '저희 사귑니다'라는 말을 해도 딱히 부끄럽지 않은 시간이 되었던 어느 날이었다. 그녀가 도쿄 본사로 발령이 나고, 나는 여전히 오사카에 남아있던 시기. 새벽의 통화에서 그녀는 이렇게 말했다.

"함께 있다는 자체가 때로는 더 외로워. 차라리 상상도 못할 어마어마한 거리를 떨어져있다면 그만큼 더욱 뜨거운 관계가 되는, 그런 게 필요해. 이런 식의 관계들이라면 차라리 난 사람들이 움직일 때 잠을 자고 그들이 휴식을 취할 때 일을 하며 생각하겠어. 그게 나아. 응, 외로움보다 잠이 나아. 잠을 잘 때만큼은 외롭지 않잖아. 그러니 당신, 내게 굿나잇 키스를 해줘. 자장가를 불러줘. 내 머리를 쓰다듬어줘. 그게 내가 지금 바라는 거야."

통화가 끝나고 나는 한참이나 아무 말도 할 수가 없었다. 그녀는 정확히 40시간이 지난 후에 연락이 왔고, 그런 주기가 계속 반복되며 우리의 연락도 뜸해질 수밖에 없었다. 그날 우리가 떨어져 지낸 이후 처음으로 크게 싸웠고 잠시 헤어졌던 기간이 있었다. 그래봤자 그녀의 잠 탓에 연락을 하지 않는 것과 별반 차이가 없는 시기였지만, 서로가 정말로 혼자가 되었다는 것을 받아들이지 못하여 공황상태에 빠져버리는 날들 속에 등기 편지가 왔었다. 도쿄에서 보낸 그녀의 편지였다. 만나고 난 뒤 처음 받아보는 손 편지였다.

"언젠가 내가 했던 그 말들 기억하나요.

언젠가 네게 했던 그 단어들. 나는 기억해요.

너무 예쁘고 섬세해서, 잔인하게 아름다웠던, 그 역설적인 사랑의 단어와 몸짓들.

나는 이런 기억밖에 남지 않았는데, 아직도 이래요, 난.

하루하루 그대 꿈, 그대 생각.

오늘 밤에도 미안하지만 그대 꿈을 꾸고 싶어요.

안녕 들리지도, 닿지도 않을 당신 잘 자요. 좋은 꿈 꿔요."

—4월 7일, 츠다 시오리

다음 장에도 역시 손으로 쓴 다른 날의 편지가 쓰여 있었다. 꿈에서 깬 직후에 바로 쓴 것이 분명한 게 그녀의 평소 글씨체와 달리 조금 엉성했으나 그랬기에 더욱 진실성 있어 보였다.

"나 오늘 당신하고 난생처음 걷는 가로수 길에서 거니는 꿈을 꿨어요. 바람이 너무 세차게 불어 당신 곁에 가까이 다가가진 못했지만, 그대. 당신의 뒤에서 사뿐사뿐한 그대의 걸음걸이와 바람에 날리는 봄바람과 머릿결, 언젠가 내가 반했던 하늘빛 카디건, 그리고 쪽빛 손가락. 꿈이 끝나는 순간까지 대화 한 번 그대와 나누지 못했지만, 일어나서 너무 생생해서 나는 울기밖에 할 수가 없었어요. 정말 내가 할 수 있는 것이라곤. 언젠가 내 세상의 전부였던 세상의 끝, 당신. 지금 어디 있나요. 같은 장소, 같은 곳에 있어도 나보고 다른 세계에 사는 사람 같다고 종종 말을 하던 당신. 내가 처음부터 그대 나라 속에 머물렀었다는 거 왜 몰라주나요."

—4월 10일, 츠다 시오리

한 편의 소설 같았던 내용의 편지를 읽고 난 뒤, 그대로 앉아 책상 앞에서 담배를 세 개비 정도 연달아 피우고는 원고와 노트북 등만 챙기고 도쿄로 향하는 JR 티켓을 끊고 곧장 그녀의 도쿄 집으로 향했다.

그 뒤 얘기는 뻔하다. 만났고, 울고 또 다시 울었다. 그 주는 그녀의 집에서 함께 생활하고 그녀의 일을 도왔다. 누군가 정한 것은 아니지만 이별 아닌 이별에서 다시 만나게 된 것이다. 모든 게 자연스럽다고 생각했다. 이정도면 모든 것이 제자리로 돌아왔다고 생각했다. 하지만 우리가 떨어졌던 한 달도 안 되던 시간 사이에 내가 알지 못하는 어느 한 조각이 그녀에게서 뒤틀려 있었다. 그 불안감은 일주일 동안 함께 보낸 뒤, 아쉬워하는 그녀를 뒤로하고 작업실로 돌아갔던 나를 얼마 있지 않아 다시금 도쿄로 불러들였다.

출판사 본사로 이직한 후 그녀는 나름대로 착실히 일을 해오고 예전처럼 잠 탓에 지각하는 일 없이 꼬박꼬박 출근을 했지만 이 삭막한 동네와 새 회사의 텃세에 무지 힘들어하고 있었던 것 같았다. 회사에서 정식으로 일해본 적이 없는 나지만 사내 왕따에 대해서는 들어봤다. 가끔은 뉴스나 신문이 부정적인 것을 더욱 유행시키는 게 아닐까, 라는 생각을 하였다. 그리고 새벽까지 마감을 끝낸 뒤, 오후쯤에 겨우 눈을 떠 그녀의 원룸에 있는 소니 27인치 TV를 멍하니 쳐다보며 커피를 마시던 차였다. 퇴근에는 조금 이른 시간에 눈 주위 화장이 번지고 코가 붉어진 채로 집에 돌아왔다.

"무슨 일 있었어? 일단 커피라도 한 잔 줄까?"

"됐어⋯. 그나저나 당신도 내가 '회색 여자'처럼 보여?"

"무슨 소리야, 그게."

사실 그녀의 출근할 때의 모습은 정말인지 그녀의 별명에 공감할 수밖에 없었다. 오피스 레이디의 정석. 그녀의 회사에는 유니폼도 없지만 정말인지 누군가 지나가던 사람이 보면 중소기업의 경리라고만 착각할 만큼 규정적이라 할 수 있는 패션에다 화장기도 없는 얼굴(이게 큰 매력이라 생각하지만)은 색채를 찾아볼 수가 없었다. 사실 그녀의 색채는 안에 존재하지 밖에 존재하는 것이 아닌 건 사실이었다. 분명 회사의 시답잖은 여직원들끼리 그녀의 뒷얘기 따위를 한 것이 분명하다. 그런 여자들은 세계 어디든지 있다. 분명 북아일랜드에도 있을 것이다.

"여전히 달콤한 노래를 들으면 무미건조한 하루 중이라고 해도 괜스레 가슴이 떨리기도 해. 나를 잘 알지도 못하면서 함부로 떠들지 말란 말이야. 나는 너희 말대로 감정이 메말랐지 않아. 회색 여자 같은 게 아니란 말이야."

듣다보니 화나는 내용도 있었지만 그런 사소한 걸 따지기에는 그녀의 감정은 너무나 격앙되어 있었다. 잘못 말했다가는 불똥이 나한테 튈 게 뻔했다. 조용히 코코아를 만들 우유를 끓였고 지친 그녀를 침대에 눕혔다. 옆에서 토닥이다 그녀는 얼마 안 가 다시 긴 잠에 빠졌다. 다음 날 내가 일어났을 때 그녀는 출근하고 없었으나 침대 옆에는 쪽지가 남겨져 있었다.

"전날 미안해. 항상 고마워 내 탓에 도쿄에 있어주는 것도. 사랑해. 저녁에 보자."

안심하곤 다시 잠들었다. 나도 너무나 지쳐있었다.

.5

그 일이 있은 후, 그녀의 삶에 철저히 균열이 가고 있음을 나는 느낄 수 있었다. 도무지 작업실로 돌아갈 엄두가 나지 않았다. 마치 나라도 균형을 잡고 있지 않다가는 돌이킬 수 없는 일이 벌어질 것만 같았다. J에게 연락해 작업실이라 부르는 원룸을 잠시 부탁한다고 말하고 돌아가는 대로 맛있는 걸 사겠다고 하니 흔쾌히 수락했다. 마음 편히 그녀의 옆에서 하루빨리 우울함이 떠나가길 노력하기로 마음을 먹었다. 하지만 슬픔이 깊이를 간과했던 것일까. 나도 지쳐있던 것일까 우울함이 전염이 되었던 것일까.

하루하루 나 역시도 어두컴컴한 방에서 어두침침한 단편소설들만 써내려 가다보니 종종 다툼이 늘어났다. 말싸움을 하다가도 그녀는 갑자기 무언가 잘못되었다는 것을 깨닫고는 펑펑 울며 내게 미안하다는 말만 연신 해대었다. 나는 우울의 늪에 빠져 허우적거리는 그녀에게 따지듯이 몰아붙이기 시작했다.

"왜 굳이 지금 순간을 잘 보내는 사람이랑 당신을 비교하고, 부러워하면서 나한테까지 미안해하며 우울해하는 거야. 단지 순간을 당신이 그 사람들에 비해 조금 덜 잘 보내지 못하는 시간일 뿐인 걸. 당신이 비교하는 사람들도 덜 행복했던 시간이 지난 뒤에야 비로소 잘 보내는 것인지 아닌지 아는 것뿐이란 말이야. 그러니까, 당신도 이제는 어떻게 될지 모른다는 말도 되겠지? 그런 열등감으로 자기의 감정을 소비할 바에 나를 그리고 당신 스스로를 더 사랑하는 데 쓰는 게 낫다고."

울다 지쳤는지, 나의 꾸짖음에 지쳤는지 모를 그녀는 내게 안아달라고 얘기했고 그날 그녀와 굉장히 오랜만에 같은 시간대에 같이 잠에 들었다. 나의 오른팔에 기대어 그대로 잠을 자던 그녀의 숨소리에 나 역시 감정적으로 지쳐있었던 탓에 곧바로 잠에 들게 만들었다.

그대로 몇 시간을 잠들었을까. 해는 몇 번 지고 몇 번 떠올랐을까. 태어나서 가장 잠을 많이 자고 일어났다는 것은 몸의 비현실적인 감각이 증명하고 있었다. 전혀 현실성이 없는 몽환적인 느낌은 그녀가 사라졌다는 것을 아는 데까지 많은 시간을 소요하게 만들었다.

정신을 차리려 세수를 하고 물을 한 잔 마시는 순간 많은 것이 달라졌다는 것을 알 수가 있었다. 그녀가 정말 사라졌다는 것이다. 주말이기에 회사에 갈 것도 아니며, 그녀는 도쿄에 친구가 없었다. 휴대폰도 꺼져 있었다. 식탁 위에는 차가운 카레와, 편지 봉투가 놓여 있었다. 하얀 봉투 위에는 '안녕'이라고만 적혀있었고, 봉투를 뜯기까지 손이 떨려 많은 시간이 걸렸다.

"한때 나의 사람들이라고 생각했던 그들에게서 한 발짝 멀어진다는 것. 나랑은 이제 멀어지게 될 것이고 나라는 존재를 잊어가게 되겠지?"라는 문장으로 시작되는 글을 읽자마자 나는 아직 꿈이라고 여기고 싶었으나 굉장히 슬픈 꿈이라고 생각해서 그만 울어버렸다. 다음 문장을 읽기가 무서웠다. 무엇이 다가올지 알고 있었다. 피할 수만 있다면 피하고 싶었다. 시간을 들여 안정하려 노력한 뒤 눈물을 닦고 마저 읽어갔다.

"지금은 내가 그들을 밀어내는 거지만, 나중에 버림받게 될 나는 너무 애처롭잖아. 그래서 차라리 지금 내가 당신들을 버리겠어. 앞으로도 살아갈 수만 있다면, 가는 건 말리지 않는데 오는 건 말릴 생각이야. 그리고 우리가 정말 아득한 미래를 생각할 만큼 깊은 사이가 되어가는 걸 알아 버리게 되니까 내가 먼저, 내가 감당하기 힘든 아픔이 다가오기 전에 물러서는 것뿐이야. 너의 말을 듣고 나는 어디론가 떠나야만 한다는 것을 알 수가 있었어. 솔직히 끝까지 품어주고 내 우울함을 절대적으로 이해해주길 바란 것도 사실이지만 지금은 누군가 정말인지 미워할 대상이 필요해. 그게 네가 되어준다면 좋겠어. 너라면 이해할 수가 있을 거라고 생각해. 너의 소설 속 인물들처럼 말이야.

너에게 너의 곁에서 너를 위로해줄 사람이 있기를 바라.

내가 되어주지 못해서 미안해. 안녕, 당신."

-6월 17일, 츠다 시오리

긴 시간이 지났다. 며칠은 슬픔이었다면 나머지 며칠은 분노였고 증오였다. 그리고 그 분노가 끝나면 남은 공간은 고스란히 우울감과 공허함이 채워갔다. 무엇을 해야 할지 알 수가 없었기에 이유 없는 흡연만 지속됐다. 집은 나갈 곳 없는 연기로만 꽉 채워져 있었지만 나는 아무것도 느낄 수가 없었다. 그녀의 집이었지만 그녀는 없다. 날은 밝지만 방 안은 어둠. 밥도 먹기가 싫었다. 울고 화내고의 반복이었다.

차라리 잠을 청하는 시간도 늘기 시작했다. 깨 있는 순간에는 나쁜 생각들뿐이지만 적어도 잘 때만큼은 그렇지 않은 탓도 있었기에. 집 밖에 나가는 것은 담배와 간단한 식료품을 사는 날 외에는 전혀 없었다. 그렇게 2주가 되던 날 J에게서 전화가 왔다.

"너 월세 안 냈다고 하던데. 무슨 문제라도?"

"아…. 미안 곧 돌아갈게. 월세 오늘 보낸다고 좀 전해줘."

"이미 내가 냈으니까. 지금 내가 쓰고 있어. 어쩌다보니까. 주인 없는 집은 더 이상 집으로서 가치를 잃어버리니까 말이야."

J는 이 무렵 오사카에서 미술을 배우고자 유학을 하고 있던 학생이었다. 그 탓에 종종 그의 기숙사가 싫증이 느껴질 때마다 내 작업실에서 자던 탓에 내가 작업실을 비울 때마다 자주 그에게 이렇게 부탁하곤 했다. J와의 통화가 끝나고 나서 이 주인 없이 담배 연기와 우울함으로 가득 차 버린 주인 없는 집을 둘러보았다. 이제야 느끼는 것이지만 정말 필요 이상의 물건이라고는 전혀 찾아 볼 수 없는 생활적 거주지에 지나지 않았다는 것이다. 그대로 누군가 들어

와 살아도 문제가 없는, 그리고 도둑이 든다고 하여도 크게 문제가 될 것이 없는 그런 공간이었다. 오히려 도둑이 실망하였을 것이다.

그녀는 가족도, 친구와도 떨어져 지낸 채 이런 공간에 혼자 지내며 무슨 생각을 했을까. 아마 이 공간에 미련이 없었기에 과감히 버리고 떠난 것인지도 모르겠다는 생각이 들었다. 어쩌면 나도 이 집의 가구 중 하나라는 생각이 들었다. J의 말처럼 주인 없는 집은 더 이상 집으로의 가치를 잃어버린 것이라면 나는 무엇일까.

부엌 쪽 싱크대 구석에 찌그러진 상자가 있었다. 베란다에 있던 것인데 나와 있는 것을 보니 그녀가 꺼내 둔 것이 분명하다. 시간이 지날 때까지 그런 것들은 눈에 들어오지 않았었다. 감자가 들어있던 상자였고, 감자에는 녹색 싹이 피어있었다. 분명 그녀가 떠나기 전 나에게 카레를 해준다고 꺼내두었던 그 상자가 분명하다.

이상하게도 싹이 나 녹색을 띠기 시작하는 감자의 처지가 참 나와 비슷하다는 생각을 하곤, 그녀의 카레를 요리하는 모습이 떠올라 눈물이 흘렀다. 요리를 잘 못하던 그녀가 유일하게 할 수 있던 요리가 바로 카레였다. 싹이 난 감자는 독이 있어서 조리를 꼼꼼히 하지 않으면 먹지 못한다. 애초에 버리는 게 마음이 편하다. 그래도, 그 집에서 유일하게 마지막까지 그녀의 손길을 받았던 것은 바로 싹이 나 더 이상 먹을 수 없는 감자들이었다.

감자를 깨끗이 감자를 씻고 또 씻어서 손질 한 뒤 카레를 한다. 먹고 설거지를 하고 집 청소를 한 뒤 샤워를 한다. 정말인지 오랜만에 펜을 들었다. 제대로 무언가 적을 수 있을지 의문이 들었지만 그래도 적어나가기로 한다. 솔직한 감정을, 내가 해야만 하는 것들을.

"나 여기에 당신을 놔두고 갈게." 첫 문장을 적어 내렸다.

 독자 없는 글을 적어보는 것은 대학 졸업 이후 처음이다. 그래도 어쩌면 혹시나 보게 될지도 모르는 그녀를 위해 적는다. 글을 쓰는 건 내가 유일하게 할 수 있는 일이다.

"솔직히 우리는, 나는 살아야 하고 나아가야만 하는 존재이고, 그렇기에 불확실한 기대감만 붙잡아가며 사는 듯 버텨서는 안 되는 것 같아. 물을 달라며 기대감만 잔뜩 부푼 채로 뿌리내린 장미가 되어서는 안 된다는 말이야. 막연한 기대란 방구석 구겨지고 마모된 오랫동안 열어보지 않아 녹슬어버린 상자처럼 될 뿐이야. 우리는 나아가야 할 수밖에 없었나봐. 어디로든지. 언젠가 네가 소설가가 되고 싶다던 이야기가 이제야 기억난다. 자기 자신의 글은 쓰지도 못한 채 남의 글만 편집해오며 맞지도 않던 회사생활을 하던 네가 얼마나 지옥과도 같았을지.
 내일을 여행하는 우리에게 들고 가기에 힘든 것들은 도려내고 때로는 과감히 버려둔 채 걸어갈 필요가 있다는 것을, 아프지만 여행에 많은 짐이 있어서는 안 된다는 것을.

당신을 이해해보도록 해볼게."

-6월 29일, 유이치

당시 오사카로 돌아오는 열차의 안에서 나는 이렇게 생각했다. 떠나간 그녀가 내게 알려주었던 것은 사람을 보는 눈이었다는 것을. 특히나 여자를 만날 때 나의 기준점 같은 것을 만들어준 것이 바로 다름 아닌 그녀였다.

그녀가 만남의 시간 동안 내 곁에서 알려주었던 것은 남자에게 보여줄 것이 벗은 몸밖에 없는 여자를 만나는 것만큼 시간과 감정의 소모를 의도하는 행위는 드물다는 것이었다. 보이지는 않지만 말할 수 있는 것. 쫓아갈 빛 같은 무언가를 지닌 여자가 평생을 곁에 두어도 둘만 하다는 것이지, 그저 몸으로 끝나버린다는 건 그저 하룻밤. 딱 그 관계뿐 이상도, 이하도 아니라는 것이다. 어쩌면 당연한 이치지만 놓치고 살아버리는 것들을 그녀는 내게 끊임없이 알려주었다. 그림자처럼.

그로테스크한 맛의 담배를 사기 위한 오전 1시 32분의 비행기 표

.6

    도쿄의 생활을 정리한 뒤, 작업실이자 지금은 J가 쓰고 있던 나의 집으로 돌아와서는 간단한 식사만 마친 뒤 바로 잠에 빠져들었다. J의 증언으로는 대략 50시간 정도, 그러니까 대략 이틀 정도를 교통사고 환자처럼 그대로 잠만 잤다고 한다. 정말 그렇게 얘기했다.

    “그때는 사고라도 당하고 들어온 줄 알았다니까. 우리 아버지가 교통사고를 당한 뒤 이틀을 잠만 자셨는데, 그런 쇼크라도 당하고 온 건 아닌가 싶었단 거지. 분명 단순한 잠은 아니었을 거야.”

    내가 다시 오사카로 돌아온 뒤 약속대로 그는 내가 사는 밥을 먹으며 그는 잘도 이야기했다.

    명확한 직업이 아닌 이상 수면 패턴이 크게 지장을 주지는 않았지만 이유를 모를 늘어난 과한 수면 탓에 여러모로 주변 사람들과의 인간관계에 지장이 생기기 시작했다. 특히나 당시 회색 여자를 잊는다는 이유로 만났던 나보다 어리든 아예 연상이든 하는 여자들과의 만남은 나의 수면 패턴을 이해를 하지 못해 대체로 한 달 이내에는 떠나버리고 말았다. 한 번은 연상의 여자의 집에 놀러갔다가 정말 말 그대로 잠에 들어버려서 진탕 욕만 먹고 헤어졌던 적도 있다. 도무지 알 수가 없는 일이었다.

어느 날 이런 나를 보다 못한 J가 항상 가던 술집에서 매번 먹던 꼬치를 시켜두고 내게 얘기했다.

"여행이라도 가보는 건 어때? 재밌는 이야기가 있는데 말이야."

항상 엄청난 일이 다가오기 전에는 결코 우리는 아무것도 예상할 수가 없다.

7

하고 싶은 곳도, 무엇을 해야 하는지조차 모르는 그 상황에 J가 제안한 '여행'은 어이가 없어 헛웃음이 삐져나올 만큼 실없는 이야기였다. 먼저 동기도 모아둔 돈마저 넉넉지가 않았다. 그래도 나의 상황을 가장 잘 알고 있는 그가 이유 따위 없는 실없는 이야기를 할 남자는 아닌 것을 알기에 한 번 어떤 여행인지나 들어보기로 했다.

그는 지난 해 가을부터 겨울의 시작까지 유럽으로 여행을 다녀온 뒤였기에 굉장히 현실적인 경험담을 기대하고 있었다.

"내가 암스테르담에서 일주일 정도 머물 때 들었던 이야기인데 말이야."

아무도 없는 원룸의 테이블에서 그는 괜히 첩보 영화에서나 은밀한 이야기를 주고받을 때처럼 주변을 살피고는 자신의 입을 왼손으로 가린 뒤 얼굴을 가까이 해서 말했다. 나는 그 얼굴에 담배 연기를 한껏 뿜었다.

"장난칠 기분은 없는데."

"너다운 반응이야. 아무 반응 없었으면 무안했을 거라고. 아무튼 말이지. 나처럼 장기간 여행을 다니는 사람들 사이에서 들은 말인데, '파리'에선 특이한 담배를 파는데 마약은 아니야. 하지만 피우면 모든 '감각'이 옅어지는 아주 특별한 담배가 있다더군."

"마약이잖아 그게." 테이블 위에 널브러진 말보루 갑들을 쳐다봤다.

"아니라니까. 피면 '그로테스크한 맛'이 난다고 하더라고. 구름공장이라는 곳에서 만들어. 그리고 꼭 한 갑씩만. 판다고 하더라고."

그는 거짓말을 할 사람은 아닌데 어디선가 사기를 당하고 온 것은 아닌가 싶을 정도로 어이가 없는 이야기였다. 나는 테이블에서 일어나 커피를 끓일 물을 올렸다.

"그래서, 넌 펴봤던 거야?" 내가 물었다.

"응, 딱 한 개비지만. 지독한 경험이었지. 연기가 너무나 지독히 우울해서 그 연기에 침식되지 않으려고 차라리 더 열심히 살아남으려 발버둥 치게 되는, 그래. 동기 부여를 준다고 해야만 하는 맛이라고 해야 하려나. 아무튼 그런 경험이었지."

말 그대로 뜬 구름 같은 이야기였지만 '그'였기에 어쩔 수 없이 신뢰가 가는 이야기일 수밖에 없었다. J가 커피를 마시고 난 뒤 말하기를 "한 번 잘 생각해봐. 잠만 자다가 죽지 말고" 따위의 안부 인사를 건넨 뒤 나의 생사를 확인해서 목적은 이루었다는 듯 금방 돌아갔고, 나는 지긋지긋한 담배 냄새에 찌든 공간에서 벗어나자는 것에 집중했다.

여행을 떠나기 전의 두려움, 익숙한 곳과 멀어진다는 공포. 하지만 지금의 감정들로서는 나 역시 '회색 남자'가 되고 말 것이라는, 그렇게 어디론가 사라져 버릴 것이란 두려움이 훨씬 크게 다가왔다. 무엇이든 색채가 필요했기에 '그로테스크한 맛의 담배'든 프랑스든 떠나기로 마음을 먹었다.

집 근처 동네의 작은 서점으로 곧장 가서 '프랑스 여행' '파리에 대하여' 같은 두껍고 쓸모없는 쿠폰들로 가득한 가이드북을 몇 개 샀다. 지금 모아둔 돈을 몽땅 털면 지금이라도 당장 떠날 수 있지만, 그러기에는 리스크가 너무 크다고 생각했다. 아마도 살고 싶은 욕구는 여전히 남아있었나 보다, 라는 생각을 마치고 무작정 아르바이트를 찾기 시작했고 생각보다 금방 찾을 수 있었다.

마음을 먹기 시작하자 누군가 미리 계획했다는 듯이 잘 풀려가는 것에 조금 두려움 또한 있었다. 낮에 일하기로 한 카페는 집에서 가까운 대학 선배가 얼마 전 개업한 작은 카페였는데 우연찮게 종업원을 구한다는 소식을 접했고 보수도 괜찮아 바로 연락을 했었다. 이제는 사장이 되어버린 선배는 대학 당시 특별히 친분이 있거나 하지는 않았었다(내가 혐오하는 부류의 사람인 것도 있었다). 집에 돈도 많았고 인간관계도 굉장히 쉽게 생각하는, 말 그대로 이기적인 사람이었다. 졸업 당시에는 졸업 논문과 과제들을 후배들에게 떠넘기고 여자 친구들과 여행을 떠난 탓에 서로 간에 크고 작은 문제들도 있었지만 그는 큰 상관을 하지 않았던 것 같다.

나는 시간과 여러 가지 일들을 동시에 하기 괜찮다 판단하고 일하기로 당장 결정했지만 그 카페에서 모든 일, 말 그대로 청소부터 카운터와 심지어 커피를 만드는 일까지(배워가며) 모두 도맡아 하여야 할 줄은 몰랐다. 선배는 개업을 해두고 말 그대로 귀찮고 따분한 탓에 가게를 버리고 여행을 다닌다고 했다. 그는 그야말로 그런 부류의 인간이었다.

점심시간부터 오후 11시까지 근무에서 첫 주만 힘들었지 그 이후는 요령이 생겨 솔직히 오히려 지적하는 사람이 없어 편했다.

여차하면 눈에 띄지 않는 골목의 작은 귀퉁이에 있는 이 카페를 인수해서 평생 커피 냄새나 맡으며 살고 싶다는 생각도 하였다. 야간에 커피숍을 필요로 하는 나 같은 사람도 생각보다 적지 않을 것이기에 꽤나 괜찮지 않으려나, 라는 생각을 하기도 했다.

매일 밤 적당한 노래들을 선곡해 카페에 하루 종일 틀어 놓곤 했는데 간간히 노래가 너무 좋다며 제목을 묻고 가는 손님도 종종 있었다. 그렇게 일이 손에 익어갈 때쯤. 또 다른 아르바이트를 추가했는데, 비누 위에 글을 적는 일이었다. 한 번씩 잡지나, 광고에 사용하는 문구는 적어 보았지만 비누의 위에다 글을 적는다는 것은 처음 있는 일이었다.

담당자가 '향수' 같은 글을 적어달라 요청하면 나는 말 그대로 최대한 간결하면서도 그 비누의 향과 모양에 맞게 글을 적었고 그것들을 곧장 메일로 보내주곤 했다. 그러면 확인이 되는대로 돈이 들어왔다. 지금까지 했던 아르바이트 중에 가장 편하고 마음에 들었다. 역시 보수가 꽤나 괜찮았던 탓도 있지만, 정말 아쉽게도 나는 아직까지도 내가 쓴 글이 들어간 '비누'를 사용한 적도 본 적도 역시없다. 아마 작은 기업치고 나에게 너무 많은 보수를 주어 비누를 만들 비용이 없었던 건 아닐지 걱정이 되기도 했지만 그것은 내가 신경을 쓸 일이 아니었다.

밤이 되면 카페의 노래와 불을 끄고, 노트북 등을 챙긴 뒤 가게 문을 잠그고 집으로 향한다. 다시 다음 날 가게 문을 열고, 노래를 틀고 청소를 하며 커피를 만들고 비누에 적힐 글을 쓰는 것을 세 달 정도 반복한 뒤, 여행에 갈 적당한 돈이 충분히 모이고도 남아 저축을 할 수가 있었다. 하지만 그런 안정적인 삶과(선배는 차라리 카페에 정식으로 같이 일할 생각이 없냐고 제안했다) 반복적인 삶 탓에 오히려 다른 잡다한 생각과 걱정거리가 없는 일상에 굳어 벗어나야 할지 의문을 가지게 될 지경이었다.

J는 카페에 종종 찾아와 구석자리에 앉아 책을 읽고 가긴 했지만 여행에 대해 재촉하는 일은 한 번도 없었다. 어쩌면 이렇게 버티며 사는 내가 만족스러워 보였을까. 대학을 다닐 때까지만 해도 적어도 이런 삶을 원했던 것은 아닌데, 라고 생각을 한 그날, 나는 충동적으로 선배에게 연락하여 일을 그만둔다고 말했고 그는 아쉬움 따위보다는 가게를 봐줄 다른 누군가를 찾아야 함에 한숨을 쉬며 피곤해했다. 그런 행동에 섭섭하지는 않았다. 그는 그런 부류의 인간이었을 뿐이다.

다른 아르바이트들도 모두 그만두고 당장 비행기 표를 예매했다. 표와 계획 역시 뚜렷하지 않았기에 충동적으로 다음 주, 정확하게는 5일도 남지 않은 티켓으로 구했다.

8

그래도 계획이 너무 없다가는 도착해버린 뒤 국제 미아라도 되버릴 것 같은 막연한 두려움에 이것저것 조사해본 결과, 파리에 대해서는 예술을 빼고는 흡연자의 천국 정도뿐 그 외에는 찾을 거리도 흥미로운 것도 없었다. J가 말했던 그 '담배'를 사는 것 외에는 무엇을 해버릴까, 라는 고민에도 마땅히 하고 싶은 거라곤 그저 에펠탑을 보며 담배 한 대 피우는 것. 그 정도뿐이었다.

그럼에도 충동적으로 구매한 티켓은 대략 3주 정도의 시간이 있는 왕복 티켓이었고 생각하면 할수록 후회되는 결정이었지만 출국은 이틀 후였다. 긴 시간 동안 머물 숙소를 찾다가 저렴한 가격으로 정할 숙소는 출발 전부터 피로를 유발했기에, 그나마 모아두었던 돈으로 아파트를 임대하기로 마음을 먹었다. 파리 시내에서 적당히 떨어진 곳이라 여행에는 큰 영향이 없을 적당한 위치였다.

이렇게 순조로이 여행 준비가 마무리가 되어갈 때 나는 의자를 돌려 다시 이 텅 비어버린 방을 주시했다. 불빛이라곤 책상 위 스탠드의 빛이 전부여서 방은 여전히 어두웠지만 외로움이 가득 차 내가 제대로 앉을 자리가 없었다. 내가 한 달 이상 이곳을 비워도 내 빈 자리는 그 어디서도 찾아보기 힘들 것이다. 갑작스런 외로움에 집을 나왔고 간단히 맥주를 마시러 나갔다 혼자 마시는 술은 재미없다는 것을 다시 깨우치고 들어와 곧장 잠을 잤다.

  아침에 일어난다는 것 자체가 몸 그 자체가, 어쩌면 그 기능이 순
간을 이해 못하는 건 아닐까 하게끔 매일 아침 내 머리는 몸이 깨어
나야만 하는 이유를 이해시키기에 바빴다. 결국에 이기는 쪽은 언
제나 몸이었지만.
  그날 역시 예정보다 늦게 일어나버린 것이다. 큰 사고는 없었다는
건 나로선 행운의 징조로 여기고 싶을 정도였으니 만족한 채 의미
없이 내 대신 방을 채우는 알람을 꺼버린다.
  라벨의 볼레로. 오히려 준비 과정이나 여러모로 붕 하고 뜬 느낌
이 전체적으로 심했다. 여행 전 설렘이란 오래전 끝맺어 버린 것일
까. 반대로 생각해보면 잠을 더 잘 잤다는 게 설렘의 다른 방식으로
변해 버린 건지.

  예와 같이 그냥 어서 집만 벗어나자는 생각이 머리를 다 채워버렸
다. 적어도 여행의 기승전결 어느 하나에서도 스트레스가 받기 싫
었던 이유도 있지만. 당연히 여행 당일이 됐고 출국 직전 게이트 앞
에 선 채 J에게 연락하여 "그래서 기념품은?"이라고 묻자 그는 당연
하다는 듯 "담배"라고 말했고 잠시 뜸을 들이다가 한다는 말이 "달팽
이"였다. 덕분에 전화기는 로밍 같은 건 하고 가지 않기로 생각했다.
  공항까지는 택시를 타고 갔었다. 여행의 초반부부터 대중교통에
지쳐 가기 싫었다. 이번 여행만큼은 걱정과 슬픔으로 보내기 싫었

으니까. 절차 후 에어프랑스 보잉777의 이코노미석에 앉자마자 굉장한 두통과 함께 굉장한 피로가 몰려오기 시작했다. 이코노미 특유의 피로감 몰려오는 착석감 탓도, 티켓에서 본 14시간가량의 비행도, 옆 좌석의 어린아이들 때문도 아니었다. 나는 불안했고, 먼 타국에 다시 한 번 혼자 가야만 한다는 것에 대한 두려움 등이 두통과 피로, 그리고 거대한 공포감을 불러일으켰다. 좌석 위의 기내 보관함을 확인하러 지나가던 승무원이 어색한 일본어로 내게 무엇이 불편하냐고 물었지만 그녀가 도와줄 범주의 일은 아니었다. 기왕 도와준다면 내 옆의 어린애들을 저 멀리 보내주었으면 싶었지만, 이것은 이코노미를 탄 내 잘못이었기에 나는 탄산수 한 잔만 달라고 부탁했다.

영화 시작 전 광고처럼 지루한 기장의 멘트와 안전 관련 영상을 보여준 뒤 이륙했다. 비행기의 날개가 떨리며 전해지는 진동이 창가 쪽에 앉은 나의 머릿속까지 타고 전해진다. 가볍게 나의 어깨도 떨린다. 에어프랑스 항공기. 보잉777. 흡연자의 천국 파리. 잠이 든다. 그 꿈에서 나는 언젠가 그녀가 즐겨 피우던 말보루의 연기가 되어버리는 꿈. 나는 담배가 되었다.

안녕, 한때는 내가 알았던 사람아

출국 전 석 달 만에 나의 여행 소식을 J에게 전해들은 어머니에게 전화가 왔다(확인하지 못했지만 분명하다. 그는 내가 일본에 살게 된 이후부터 쓸모없는 짓을 나의 동의 하나 없이 많이 해왔기에). 나는 언제 돌아올 것이냐 조심히 묻던 어머니에게 이따위로 대답해 버렸다.

"그곳이 마음에 들어버린다면 차라리 접시를 닦든 거기서 쭉 눌러 살아 버릴 생각이야."

그렇게도 매몰차게 말한 뒤 떠나오게 된 곳 파리. 나는 가족을 혐오했고 믿지 않았다.

아직 비행기 안이지만 지금껏 악몽에 정신을 잃어버린 뒤 겨우 가다듬어 정신이 든 뒤 하는 헛소리일지라도 혼자 아프지만, 새로이 익숙해질 그곳에서 잠시나마 편히 쉬고 싶었다. 익숙해지기까지는 많은 시간과 익숙해짐에서 나오는 혐오감들에, 버텨야 하는 노력이 이번만큼은 헛되이 끝내버릴 수는 없다는, 내 실패를 번복하기 싫은 우울감이 만연했지만 나는 언젠가 다시 내가 있던 곳으로 돌아갈 나를 너무나 잘 알고 있었다. 분명하다. 내가 감동해 울어버릴 만큼의 아름다움 탓에 가슴 깊숙한 외로움을 새겨둘 세계 어느 곳이라도 곧 어떤 혐오감들에 익숙해져 버리기 전에 나는 벗어날 것을. 소중함은 신비함에 감싸져 신비 자체로 내 머릿속에 언젠가를 기약할 거리로 보존되어야만 함을 이제는 알기에.

하지만 어머니에게만큼은 내가 당신에게 다시는 돌아가지 않을 것을 나를 이미 잃어버릴 만큼 잘못을 했었다는 것을 상기시켜주고 싶은 마음 탓에 전화를 끊는 순간까지 나는 이번 여행만큼은 돌아오기 싫다는 마음을 깊이 상기하며 대답했다. 나의 그러한 반응은 그녀의 "조심히"라는 대답이 끝나자 곧장 어딘지 처음 가보는 여행지로 향한 두려움보다 내가 이 여행이 끝나고 어디로 돌아가야 하는지에 대한 두려움으로 바뀌었다. 마치 물에는 뛰어들었지만 바닥에 발이 닿지 않고 계속 가라앉는 두려움이라 말하면 이해하기 쉬울 것이다.

처음 가보는 곳보다 두려운 건 돌아갈 곳의 부재이다. 닫힌 창의 커버를 위로 올린다. 북해의 해면이 눈을 가득 채운다. 바다는 사람의 내면 깊숙한 곳을 비추고 부숴버려, 무언가 내가 내리지 못하는 것들을 결정 내버리는 잔혹한 판사 같았다.

가족을 머리와 마음에서 정리하게 된 미숙했던 날들, 일단은 마음처럼 내가 죽어버릴 수는 없었지만, 최대한 가족과의 흔적들을 지워내고 삶에서 떨쳐내고 싶었고, 했어야만 했다 나는. 잊어야 한다면 어디서도 보이지도 않을. 내 공간 어디에도 있어서는 안 됐다.

이름. 이름을 바꾸자고 생각했을 때, 너무도 한순간 잔혹하리만치 시리게 나 자신이 이리도 차가운 사람이었나 싶을 만큼, 지금껏 내 이름이었던, 한때 가장이었던 사람이 지어준 이름이 낯설게 느껴지고 있었다. 이미 내가 옛날에 불리던 이름은 죽어가고 있었다. 다음번에는 사람들이 잘 알아들을 수 있으며 잊히기 쉬운 흔하디흔한 이름으로. 이번 여행이 많은 것을 정리시켜줄 것은 확실하다.

걱정하던 것보다 국제선 간의 환승은 쉬웠다. 사실 잠결에 많은 인파 속에 떠밀려 간 것은 사실이지만 적당히 에어프랑스 마크만 보고 걷다 보니 다시 지옥 같은 이코노미석 위에 앉을 수 있었다.

이번에는 더 작은 비행기였다. 숙취감과 같은 피로에 머리를 숙이고 만약 내가 다시 돌아간다면, 그리고 또 한 번 여행을 생각한다면 적어도 퍼스트는 아니더라도 비즈니스를 탈 만큼의 돈은 벌어두어야겠다고 다짐했다. 환승 비행기는 그렇게 긴 시간의 비행이 아니었다. 잠이 들 여유도 없이 나는 금방 유럽의 땅을 밟았기에 감격에 빠질 체력마저 남아있지 않았다. 곧장 짐을 찾느라 조금 애를 먹었지만, 이번에 깨달은 것이 있다면 공항 전광판만 자세히 봐도 절대 실수할 일은 없을 거란 점이다.

그대로 가이드북에 있는 대로 나는 (J의 말대로) JR과 닮은 시내로 향하는 RER을 어려움 없이 찾을 수가 있었는데 티켓 발매기 앞에서 헤매는 아시아계 여성을 찾을 수가 있었다. 그 여자도 나랑 비슷한 처지로 보였으나 한두 가지 나와 다른 점이라곤, 나에겐 미리 여행을 다녀온 능숙한 여행 중독자 친구 한 명과 모국어로 잘 번역된 베스트셀러 가이드북이 있다는 점이었다. 딱히 영어가 능숙한 점도 아니었고, 시차 탓에 피로한 나는 딱히 돕고 싶다거나 하는 마음은 없었다. 곧장 그녀 옆 티켓 발매기로 (가이드북에서 본 대로)

능숙하게 티켓을 발매하는 나를 신기하게 쳐다보던 여자가 내게 매우 능숙한 영어로 도움을 구해왔다. 나는 당황했지만 나와 비슷한 방향으로 향하는 탓에 그녀의 티켓 역시 쉽게 발매할 수가 있었다. 어서 빨리 내려가 담배라도 한 대 피우고 싶었지만 나와 같은 방향으로 계속 따라오는 그녀가 신경에 쓰여 그만 바로 RER 플랫폼까지 가버리고 말았다.

시내까지는 대략 30분의 시간 정도면 되니까 나는 그동안 잠시 눈이나 붙이려고 했었지만 아마도 (물론 파리는 아니겠지만) 외국에 길게 산 것처럼 보이는 아시아계 여자는 내 바로 앞자리까지 따라와 자기 몸집과 비슷한 캐리어를 안은 채로 자리를 잡았다. 간단한 인사라도 할 법했지만, 피로감 그리고 장시간의 금연 탓에 예민해진 나는 히스테리가 가득했기에 이어폰의 볼륨을 더욱 높이고 눈을 감았다. 리암 갤러거의 한 소절이 채 끝나기도 전이었을까 누군가 내 어깨를 툭툭 두 번 두드려 깨웠다. 나는 이어폰을 빼고 조금은 신경질 가득한 눈으로 대상을 찾았으나 역시나 앞자리의 여자. 나는 물었다.

"Can I help you?"

말하고 나서 내 짧은 문장력과 딱딱한 태도 탓에 조금 미안해졌지만 여자는 그 반응이라도 보여줘서 고맙다는 듯 웃어 보이는 그녀의 반응에 미안함이 더욱 커져 조금 장단을 맞춰주기로 생각했다. 먼저 그녀는 내게 어느 나라에서 왔냐고 물었고, 짧게 '일본에서'라고 답했다. 그녀는 반갑다는 듯 웃으며 자신은 '한국에서 왔다'고 대답했다. 나는 조금 반가운 마음이 들 뻔했으나 굳이 처음 보는 사람에게 많은 이야기를 하고 싶지 않았다. 어차피 이 기차가 멈추면 헤어질 인연이다. 그녀는 짧은 내 영어를 배려하듯 정말 짧은 중등 영어도 안 될 영단어들이 RER 끝 칸에서 오고 갔다.

"How many days?"

"One month."

"A trip?"

"Yes."

"Only in Paris?"

"Yes, Only Paris."

대화에서 부끄러워지는 것은 초등학교 시절 떠밀리듯 출마하여 전날 밤새워 적던 학생회장 선거연설문 이후로 처음이었다. 일본어 공부 외에 외국어는 굉장히 오랜만이었다. 자신의 무지함에 약간 죽고 싶어질 만큼 절망했다. 길게 한숨을 쉬었더니 미안한 표정을 짓던 그녀 탓에 나는 애써 피곤한 얼굴을 구겨 웃어보였다. 분명히 기내식 중 무언가가 하나 끼어있었던 것이 분명하다. 그녀가 웃었다. 최악이었다.

내가 옆 창문을 통해 얼굴을 비춰보자 꽤나 호탕하게 웃던 여자는 웃음을 통해 알았지만 나보다는 연상으로 보였다. 내가 드디어 처음 질문을 뱉자 그녀는 내심 당황스러운 눈치였다.

"how old are you?"

"27. and you?" 역시나 나보다는 나이가 있었다.

"25." 답했다.

그녀는 자신의 생각보다 내가 어려 당황스러운 눈치였다. 나도 반대로 그녀가 온 곳과 자라온 곳, 그리고 파리에는 무슨 일로 오게 된 것인지 묻고 싶었지만 이렇게도 나의 무지에 답답하고 부끄럽기는 간만이었다. 일본에서 지내는 단 한순간도 영어는 필요가 없었다. 그렇게 한철 벚꽃처럼 지나갈 인연이 될 뻔했던 순간 그녀는 내 아이폰 속 새로 재생된 노래의 제목을 보더니 놀란 듯이 내게 물었다.

"Do you like Korean music?"

연기도 이쯤 할까 생각해서 한 템포 한숨으로 돌린 뒤 대답했다. J와 대화 이후로 참으로 오랜만에 뱉는 익숙한 대화였다.

"저도 한국에서 태어났어요. 사는 곳은 일본이지만."

그때 그녀의 표정은 내가 여태껏 살면서 봐왔던 어떠한 놀람의 표정보다 더욱 실감이 있었고 나의 새디스트적 기질을 다시 느끼는 순간이었다. 말문을 열지 못하는 그녀에게 나는 "죄송해요. 장난치려고 한 건 아니에요"라고 대답하자 그녀는 그제야 정신을 부여잡고는 "아니에요. 저야말로 귀찮게 해드려 정말 죄송해요"라고 답했다.

기차는 진작 출발해서 어느새 몇 정거장 후면 우리는 내릴 것이다.

"더 궁금하신 것이라거나 도와드릴 것이라도?"라고 문장을 뱉자 그녀는 "아니에요. 가는 동안 말동무 정도면 감사하죠"라고 말하며 남은 조금의 시간 동안 꽤나 많은 질문이 오고 갔다. 아시아계, 그래. 나의 모국에서 온 그녀는 피아니스트이며, 학기 방학 기간 중

공연을 볼 겸 잠시 여행을 온 것이라 말했다. 주변에 음악인이라고는 다 전자음악 혹은 힙합 등의 음악인들밖에 없던 나로서는 클래식을 하는 피아니스트는 굉장히 신기하며 이질적인 존재였다.

자연스레 그녀의 손에 눈이 갔다. 길고 하얗게 곧게 뻗은 손가락. 그녀도 내가 하는 일을 듣게 되자 굉장히 흥미로운 듯 보이는 반응이었다. 글 쓰는 사람을 태어나서 본 적이 단 한 번도 없다고. 오늘 여러 번 부끄러울 일이 생기는군, 싶었다. 그녀는 나보다 한 정거장 먼저 내려야 함에 아직도 질문 투성이로 보이는 그녀에게 나는 "이제 내리셔야 하는데요"라고 말해주었다.

그녀 스스로도 이제는 조금 만족했다는 듯 캐리어와 함께 일어서다 잠시 멈춰서는 "2주 후에 뭐해요?"라 물었고 나는 긴 여정 계획 짜는 것을 진작 포기했기에 "아직 딱히"라고 대답하자 그녀는 "2주 후 룩셈버그 공원 앞 정문 오후 두 시"라고 두 번 말한 뒤 손을 흔들며 파리의 지하 인파 속으로 사라졌다.

"2주 후 룩셈버그 공원 정문 오후 두 시."

숙소까지 어떻게 갔는지는 생각나지 않는다. 그대로 머리를 기대어 잠에 들었고 그것이 여행, 파리와의 첫날밤이었다.

10

여행 전 타지에 대한 두려움이란 집 밖을 나서는 순간 "내가 문을 잠갔었나?" 같은 조금 먼 외출에 대한 일반적 두려움일 뿐이지 결국 엔 행선지가 될 그곳도 사람이 사는 곳이며 누군가에겐 가장 익숙한 동네이다. 그 두려움과 무서움에 못 이겨 나아가지 못한다면 그것만큼 안타까운 것이 없을 것이다. 5년 전 내가 첫 여행을 시작한 이후 느낀 감정이었다. 사진과 여행은 많은 걸 담고 있기에 그 시절 그때의 기억을 더욱 선명하게 볼 수 있게끔 하는 눈을 선사한다.

여행의 첫날부터 무리하고 싶지 않은 생각에 눈처럼 하야며 눈으로만 보아도 마음이 안정되는 날렵히 다려진 와이셔츠 위에 검은 카디건을 걸쳐 입고 카메라와 읽을거리만 들고 올림피아드 근교로 무작정 걷기 시작했다. 내가 가방에 읽을거리를 병적으로 챙기기 시작했던 그 시절, 교회가 삶의 목적이 되어버린 할머니의 가방 속 성경책처럼 내 가방 속엔 하루키의 '노르웨이의 숲'이 자기 자리를 차지하고 있었다. 글을 읽거나 일을 해야만 하는 순간, 감정을 가다듬기에 이만큼 좋은 책은 지금까지 아무것도 없었다. 떫은맛의 와인 한 병, 책장 서랍 속 숨겨둔 럼주를 마시는 것보다 효과가 있었다.

7월의 첫 주는 확연한 여름은 아닐지라도 첫발을 디딘 익숙하지 못한 이 장소는 떠나오기 전 내가 보냈던 곳에서 입던 옷의 두께만으로 버티기에는 몹시도 추웠다. 마치 여름 나라를 피해 가을행 티켓을 끊고 여름에서 도망쳐온 건 아닌가 하게끔. 그 탓에 아파트를 등지고 잠시 걷다 적당한 카페를 찾아 들어갔다. 에스프레소만 줄창 마시며 무언가 적기 시작했다. 일기부터 오늘의 일정과 나의 기분까지. 카디건을 입고 있다는 것이 무색하게 추위는 매서웠다. 그래도 파리라는 고유의 예술적 기운 탓인지 도쿄에서와는 다르게 글이 잘 적혀 내려갔다. 만족스러웠다.

내가 있던 곳과 마찬가지로 이곳에서도 역시 굉장히 시답잖은 뉴스들이 TV에서 리포터인지 아나운서인지가 중요사안인 양 낮은 목소리로 진지하게 읊어대고 있었다. "매년 커피에 소금을 넣어 버려지게 되는 커피 양이 많은 소모량을 보이고 있습니다." 분명 그런 내용이었다.

점심시간에 이르기까지 에스프레소만 마셔대는 동양인 남자가 못마땅해 보이는 주방장과 나이가 지긋해 보이는 웨이터의 눈초리를 느껴 무엇이라도 시키려 했다. 하지만 커피 맛을 생각해보면 분명 런치는 끔찍할 것이었다. 계산과 팁으로 2유로 동전을 놔둔 채 아파트에서 멀리 떨어지지 않은 곳에 있던 맥도날드로 향했다. 빅맥 세트와, 감자튀김보다는 샐러드를 주문해 구석에 앉아 이어폰 볼륨을 올린 채 시선은 순전히 버거에 향한 채로 순식간에 해치웠다.

날씨 확인을 제대로 하지 않은 채 여행을 준비한 어리숙한 여행객인 나를 탓해야 하면 하는 게 당연하겠지만 첫날부터 비가 쏟아질 것이라곤 생각하지 못했다. 적당한 비라면 맞는 것 역시 고려해

볼 만하지만(파리에서 비 맞으며 여행하는 경험 역시 나쁘지 않으니까) 날씨는 입김만 생기지 않지 손가락까지 아려오고 있었다. 아파트 근처 대형마트에서 오늘의 저녁거리나 사기로 마음을 먹었다. 멀리 걸어 나오지 않은 것은 다행이었다.

숙소 주변에는 파리 시내에서 가장 큰 차이나타운이 있었는데 괜찮은 빈티지 가게가 있었다. 그곳 창가에는 색이 바랜 곰 인형 한 마리가 앉아 있었다. 시오리는 언젠가 고베에 있는 자신의 고향에 저런 빈티지 가게를 차리고 싶다고 얘기했었다. 그런 식으로 시오리는 내게 알려주었던 것들이 많았는데 그중 사람을 보는 눈에 대해서 가장 중시했었던 거로 기억한다.

나를 빤히 들여다보다가는 "당신은 특히나 여자를 만날 때 조심해야 해"라고 말하며 여자를 만나는 어떠한 기준점 따위를 심어준 것 역시 그녀였다. 그 기준은 앞으로도 계속 내게 영향을 줄 것이다. 시오리가 짧은 시간 내 곁에서 알려주었던 이야기들, '남자에게 보여줄 것이 벗은 몸밖에 없는 여자를 만난다는 행위만큼 시간과 감정의 소모를 의도하는 행위는 드물다는 것이다.' 보이지는 않지만 말할 수 있는 것. 쫓아갈 빛과도 같은 무언가를 지닌 여자가 평생을 곁에 둘만 하다는 것이지 벗은 몸으로 끝나버린다는 건 그저 하룻밤 관계뿐, 그 이상도 이하도 아니라는 것이었다. 어쩌면 당연한 이치지만 그런 이유로 너무도 당연히 놓치고 살아버리는 것들을 그녀는 내게 끊임없이 알려주었다. 그림자처럼.

돌아가게 된다면 고베의 작은 잡화점들을 다 돌아다녀 볼 생각도

해보았다. 어쩌면 그곳에는 그녀가 먼지를 털어내며 햇살이 묻어 기분 좋은 냄새가 나는 면 셔츠를 입은 채로 색 바랜 곰 인형 한 마리와 함께 나를 맞아줄지도 모른다.

대형마트에서 장을 봤다. 전자레인지에 데워 먹기만 하면 되는 음식들과 함께 글을 쓰며 마실 술들을 산다. 물보다 저렴한 술 가격에 들떠 작은 카트 안에 보드카, 와인 맥주 등을 채우고 아파트에 돌아와 상 위에 늘어 가득찬 술들을 보고 나자 그때서야 몸에 배어있던 여행 첫 날의 긴장감이 풀리기 시작했다.

아파트의 더블 사이즈 침대에는 라디오 기능이 있었다. 그냥 작동만 시켜도 무작위로 클래식이 흘러나왔다. 알아듣지도 못하는 내용의 라디오가 나오지 않았던 것은 천만 다행이었다. 드뷔시의 아라베스크 1곡 E단조를 듣다 잠에 들었다. 파리에서 첫 밤에 나는 클래식이 나오는 침대에 몸을 맡겼다.

2014.07 10 22:35

.11

파리에서 맞는 아침이라고 특별한 상쾌함 혹은 예술적 영감이 꿈에 나타난다던지 따위는 단 일말도 없이, 어디서든 겪을 수 있는 숙취가 나를 억지로 잠에서 끄집어내 깨울 뿐이었다. 여행 첫날의 긴 장감을 풀기 위해서였는지 사다 두었던 술들을 나도 인지하지 못할 만큼 꽤나 많이 마셔버렸던 모양이다. 방 안에는 가득히 늘어진 병들과 먹다 남은 안주들로 엉망이었다.

일단 샤워를 하고 임대 아파트 방의 정리를 시작했고 아파트 방의 행세는 제법 그럴싸하게 정리되었으나 내 속은 도저히 그렇지 않았다. 이렇게는 도저히 여행이고 자시고 침대 위에서 보낼 수밖에 없다고 생각했다. 일단 날씨에 맞게 잘 다려진 흰 와이셔츠 위에 전날 입었던 검정 카디건을 걸쳤다(옷에 신경 쓰기에도 벅찼다). 아파트 주변 차이나타운 내가 먹어오던 익숙한 중국 음식들이 있으리라 생각했다. 그것들이면 이 메슥거리는 속을 풀어주기에 충분하리라.

어제와는 다른 방향으로 일단 걷기 시작했다. 조금 더 이 거리에 내가 속하게 되었다는 기분을 받을 수가 있었다. 무언가 보편적으로 알아오던 파리와는 이질적인 느낌. 주변에는 중국인들 혹은 나와 같은 동양인들만이 각자의 자국어로 떠들어대고 있었다. 한술 더 떠 일어, 중국어, 한국어 세 가지가 난잡하게 적힌, 그래도 근방에서는 꽤 크다고 이야기할 수 있는 마트도 있었다. 나중에 그곳을 둘러보아 알았지만 한국에 있을 때 즐겨먹던 과자나, 라면 등도 쉽게 구하는 것이 가능했다. 아무튼 그곳에서 조금 걷자 제법 그럴싸한 모양새의 쌀국수 집이 보였기에 들어가 메뉴판을 유심히 보기 시작했다. 메뉴에는 중국인지 베트남인지 정체성 없이 다양한 음식들이 뒤엉켜 있었고 그중에 마치 탄탄맨(고춧가루를 푼 매콤한 국물에 만 국수(중국 사천(四川) 요리의 하나)의 비주얼과 비슷해 보이는 요리가 있었다.

나는 당장 중국어로 주방장과 이야기를 나누고 있던 중년의 여성에게 손을 들어 주문을 표했다. 시간이 제법 지난 지금도 생각하지만 여행에서 가장 큰 실수 중 하나를 이 가게에 들어왔던 것으로 뽑는다. 요리는 얼마 가지 않아 내 앞에 나왔고 도저히 입에 맞지 않으며 속을 풀기 위해 들어온 가게에서 나는 더욱더 속을 부여잡고 버텨낼 수밖에 없었다. 여행 자금이 생각만큼 넉넉한 것도 아니었기에 절약해야 한다는 생각에 그것을 다 먹어치우고, 테이블 위에 계산 금액을 두고 나왔다. 도무지 팁을 지불하기에는 불가능한 맛이었다. 그런 향신료는 다시는 접하고 싶지 않았다. 물론 주방장과 중년 여성의 잘못이 아님을 이해하지만 특별히 내게 친절했던 중년 여성의 배려를 존중하기 위해 미련하게 위로 쑤셔 넣고 나온 내 표정을 보았다면 분명 그들도 나를 이해해줄 것이다.

가게를 나왔다. 차이나타운 전체에서 향신료 냄새가 풍겨오는 듯했다. 이곳을 벗어나야 한다는 집념 하나로 가장 가까운 곳에 있는 메트로를 향해 무작정 걷기 시작했다. 한 걸음은 어지러웠고 한 걸음은 정체 모를 향신료가 지난밤 마셨던 보드카와 섞여 오늘 하루를 휴식하라 속삭여왔다. 기분 전환이 굉장히 시급한 순간이었다. 타국에서 맞는 숙취와 맞지 않는 음식들 속에 나는 이 머나먼 곳에서 긴 시간을 버텨낼 리가 없었기에 쇼핑으로라도 기분을 풀기 위해 샹젤리제로 향하기로 마음먹었다.

파리의 메트로는 여행 둘째 날 정도면 적응이 되고 노선을 외울 만큼 간단했다. 일본의 그것보다는 적응하기 쉬웠다. 물론 내부 구조는 노후 된 탓에 악취와 냉방이 제대로 되지 않아 불편했다. 동굴과도 같은 속을 이리저리 수많은 인파들 속을 파헤쳐 나가다 겨우 샹젤리제로 향하는 열차에 올라탔다.

처음 파리에 왔을 때 굉장히 신기한 게 이 메트로의 구조였는데 탈 때 문을 직접 당겨 열어야 한다는 것과 내릴 때 역시 직접 손잡이를 잡아야 열어야 한다는 것이다. 처음에는 흥미로움과 재미가 동반했으나 곧 귀찮아져 누군가 열겠지 하다가 타이밍을 놓치곤 했다. 적당한 자리에 앉은 뒤 창문을 열었다. 웃긴 건 이것 역시 문화 충격의 하나였다. 덥거나 악취 등이 풍길 때 당연히 창문을 열어 파리 지하 바람을 맞는 것이 가능했지만, 내가 살아온 일본이나 한국에서는 문을 여는 것이란 비상시 외에는 불가능했기에 처음 파리 메트로에 탑승하고 창문을 열고 바람을 맞으며 다니는 파리지앵들을 보고 굉장히 큰 감명에 빠지곤 했다.

30분쯤 향하자 샹젤리제까지 무난히 도착했다. 역에서는 돈을 내지 않고 탑승했던 히피들이 개찰구를 뛰어넘어 다녔고 그것을 잡으려는 역무원들의 애절하고 의미 없는 호루라기 소리만이 울릴 뿐이었다. 가방을 더 단단히 고쳐 맸다.

완벽한 조명이 비치는 샹젤리제 거리와 개선문. 별로 설렐 일 없던 권태가 가득한 여행에서 갑작스러운 감명은 숙취감을 낮추고 아주 약간 가슴 뛰게 만들었다. 쇼핑하기에는 완벽한 거리. 그러나 쇼핑을 마음 편히 즐길 금액은 아르바이트로 돈을 벌어 여행을 온 내게는 사치였다. 적당한 가격에 주로 이용했던 익숙한 메이커의 매장에 들어가 일본에서 보지 못했던 종류의 옷을 몇 벌 구매했다. 출발하기 전 예상하지 못한 추위를 버티기 위해 재킷 한 벌을 구매하자마자 몸에 걸쳤다. 이제야 제법 파리에 어우러지기 시작함을 느꼈다. 언젠가 파리 냄새가 묻은 이 옷을, 내가 돌아가는 어디에서든지 꺼내 볼 때마다 지금 이 순간을 기억하겠지. 그래 봤자 100유로가량으로 누군가에게는 한 끼 식사 값도 못했겠지만 충분한 값을 지불하고 들뜬 채로 쇼핑의 거리를 걷기 시작했다.

대략 20분 정도 걷는 시간 동안 여행의 즐거움에 숙취감 따위 진작 잊은 채로 거리에 속해지고 있을 때 시선을 사로잡는 완벽한 카페가 눈에 띄었다. 코발트색의 파라솔과 간판. 그 카페의 내부에 들어가기보다 거리에 더욱 녹아들고 싶었던 탓에 선원 복장을 하고 있는 웨이터에게 테라스 자리를 달라고 말한 뒤 커피와 아이스크림 등을 시켰다. 다시는 이렇게 마음에 드는 카페를 평생 다시 찾을 기회가 있을까라는 의문을 남기던 그곳에서 너무도 들떠버려 계획대로 글을 적어내려 가지는 못했지만 이 목적 모를 여행에서 가장 즐거운 시간 중 하나였음은 틀림없을 것이라는 생각에 그동안의 우울과 나를 힘들게 하는 것들에서 조금은 벗어날 수 있었다. 아마도 진영이 말했던 여행의 의미는 내게 휴식을 취하고 오라는 의미였는지도 모른다고 생각했다.

1시간쯤 책을 읽으며 보내고 있을 때 해가 조금씩 지기 시작하더니 날이 추워지고 있었다. 여행이 끝나기 전 다시 들리기 위해서는 이쯤 있었으면 충분하다는 생각에 자리를 정리하고 팁을 충분히 둔 채 아파트로 향했다. 오기 전과는 너무도 상반되는 상쾌함에 돌아가는 길은 가벼웠다.

돌아와 적당히 따뜻한 물로 샤워한 뒤 아파트 관리인이 방을 예약하는 순간 이야기해줬던 것이 뒤늦게야 생각났다. 이 아파트에는 공동으로 사용하는 부엌이 있다고 했다. 여행객들이 주로 사용하는 특성상 그곳에 모여 여행 정보 등을 공유하기도 하며 식사도 함께한다고 하는 식의 말이었다.

아파트의 중간층은 거의 전체가 부엌과 공동 샤워실로 되어있었는데 조금 이른 시간이었던 탓에 사람은 많지 않았지만 모두 동양인이었다는 점에서 합석하기에 별 어려움이 없었다. 차이나타운에 자리해 있는 이유에 이곳은 동양인들이 대다수가 이곳 주변에 게스트 하우스, 임대 아파트 등을 이용해 여행 중 보금자리로 사용하고 있었다.

여담도 있었다. 이곳 파리의 차이나타운에는 거대한 삼합회가 존재하는데 그들의 영향력이 어마어마하여 만약 동양인이 파리 내에서 문제가 있거나, 위험에 처했을 시에는 경찰서보다 차이나타운으로 도망쳐 오면 더욱 빠르고 신속하게 도움을 청할 수가 있다는 그런 이야기였다. 유난히 이곳에만 파리시에서 찾아보기 힘든 고층 건물들이 자리 잡고 있는 것과 유난히 소매치기 등이 잘 보이지 않는 것이 나를 조금씩 납득시켰다. 꽤나 그럴싸한 이야기였다는 것인데 이 이야기를 공동부엌 테이블에 앉아있던 간단한 인사만 나눈 동양인 남자 셋과 여자 네 명에게 농담처럼 말해주니 굉장히 중요한 정보라도 들었다는 듯 진지한 표정으로 받아들이고 있었다. 아마도 그들 앞에 놓인 맥주의 영향인 듯했다.

남자 중 하나는 여자 한 명과 남매였는데 남자는 굉장한 덩치에 스포츠맨 같은 짧은 머리와 거친 말투의 남성미 넘치는 남자였다면 그의 여동생은 굉장히 작고 여성스러운 사람이었다. 그녀의 오빠가 조금이라도 말실수 혹은 큰 소리를 내면 옆에서 다그치며 계속 테이블 위를 정리하는 전형적인 일본 여성 중 한 명이었다. 또 다른 남자 둘은 모두 중국에서 온 남자였으며 나머지 여자들은 한국에서 대학 방학을 맞아 여행을 온 여행객들이었다. 다음 여행지 이야기도 들었으나 그렇게 기억에 남는 인물들은 아니었다. 굳이 내가 한국인이라는 것은 말할 필요도 없었다. 그도 그랬던 게 그녀들만 유난히 공동적으로 영어로 대화를 하는 와중에 대화가 굉장히 짧았다는 것이다. 나이, 국적, 직업 등을 묻자 대화는 더 이상 이어지지 않고 어색한 웃음과 어설픈 미국 드라마 등에서나 볼법한 제스처뿐이었다. 그러려니 했다.

자신들이 저녁거리로 사 왔던 음식들을 공유해 먹다가 나는 마구 잡이식으로 사두었던 내 방 안 술들이 생각이 났다. 그들에게 제안 했더니 꽤나 격하게 긍정적인 반응을 보이기에 나도 나름 들뜬 마음으로 잔뜩 가져왔다. 그래도 아직 방에는 이런 파티를 두 번 정도 는 더 해도 괜찮을 분량의 술들이 남아있었다. 파리는 술이 너무 쌌던 탓일까 전날 어지간히도 사온 들떠있던 자신이 약간 한심했다.

술이 들어가기 시작했을 때 나는 부엌 테이블에서 조금 떨어진 곳에 위치한 거대한 창문을 살짝 열어 담배를 한 대를 입에 물었다. 오늘만 한 갑째 담배인데, 메트로를 제외하고 그 어느 곳에서도 흡연이 가능했던 파리였다. 내가 네 개비쯤의 담배를 태울 때 중국계이며 현재 의대생이라고 밝힌 30대 남성은 능숙한 영어 속 어설픈 일본어를 섞어가며 "흡연은 몸에 좋지 않다!" 따위의 말을 알아듣지도 못할 의학 단어를 써대며 내가 들으라는 듯 잔소리를 해대기 시작했다. 그때 남매의 여동생이 창가로 걸어오더니 담배를 한 대 물어 창가에 놓인 성냥으로 능숙하게 불을 붙이더니 깊게 한숨 빨아들인 후 파리의 밤하늘에 뱉어냈다. 그리곤 그녀가 잔소리를 끊임없이 뱉어내던 의대생 남자를 뒤로하곤 말했다.

"그런 것쯤 담뱃갑에도 적혀있다고."

나는 맥주를 들이켜는 걸로 그녀의 말에 동조한다는 듯 끄덕였다. 그녀가 오늘 술자리에서 처음 뱉은 빈정거리는 투의 말이었다. 나는 조금 놀라 맥주를 바닥에 몇 방울 흘려 떨어트렸다.

내가 그녀와 이야기를 나누기 시작했을 때 그녀의 험악한 오빠가 나를 바라보는 시선은 몹시도 불편했다. 위협적인 인상 탓에 그녀와의 대화를 더 이상 이어가기도 불편했기에 나는 이만 담배를 끄고 자리에 앉았다. 시간이 10시쯤 되었을 때는 다들 적당히 취해있는 분위기였다. 그도 그럴 것이 모두가 아침 일찍부터 여행을 시작했을 것이며 쌓인 피로에 술은 그동안 쌓여있던 긴장을 너무도 쉽게 벗겨냈다. 그때 누구에 의해서인지는 모르겠지만 '에펠탑'이라는 단어가 잠깐의 정적 속에서 나왔고 정각마다 하는 에펠탑의 조명쇼 이야기까지 나와 버렸다.

내가 저번 여행에서 보았던 적이 있다고 입을 열자(사실은 J의 경험담이었다. 그 정도 거짓말은 여행에서 죄가 아니라 생각했다) 그들은 술의 힘을 빌려 조금씩 다들 숨겨두었던 욕망을 하나씩 꺼내 보이는 듯 아파트 중간 층 부엌의 여론은 휴식에서 11시의 에펠탑을 보러 가는 것으로 바뀌어가고 있었다. 유럽 혹은 머나먼 타국에서의 밤은 두렵기 마련이다. 허나 남자가 넷(굉장히 험악한 외모의 남성 한 명)이라는 장점도 있었기에 우리는 간단히 바로 떠날 채비를 하고 아파트 아래층에 모여 에펠탑으로 출발했다.

생각보다 오래 걸리지는 않았다. 메트로에 익숙해져있던 나는 마치 여행사 가이드처럼 그들을 당연하게 인솔하기 시작했다. 한국계 여자들은 여전히 맨 뒤에서 자기들끼리 시끄럽게 이야기할 뿐이었고, 중국계 남자 둘은 또 옆에서 영어로 무언가 어려운 단어들을 써대며 이야기하며 내게도 의견을 묻곤 했으나 적당히 답하고 넘겼다. 그나마 정상적이었던 사람들이라면 남매였지만 남매 중 남자는 술에 특히 취해있었기에 조용할 뿐이었다. 크나큰 덩치에 어울리지 않는 모습이었지만 취해서 조용히 땅을 보며 걷는 거구의 남자 덕에 그의 여동생은 야수에게서 벗어난 미녀처럼 자유로워 보였다. 유일하게 대화가 통하는 그녀와 나는 마주 걸으며 에펠탑이 가장 잘 보이는 샤요궁 광장으로 향하며 여러 이야기를 나누었다.

특히 내가 어디선가 주워들었던 에펠탑에 관련한 파리의 낭만 섞인 이야기를 하면 그녀의 눈에서는 여행자의 눈에서만 볼 수 있는 반짝임이 보였다. 모든 게 가능하고 용서받을 수 있으며 여행지에 묻고 갈 수 있는 비밀 등이 가져오는 그런 설렘. 그녀는 조금 더 내게 이야기를 해달라며 졸랐고 가이드북에서 읽었다든지 그런 이야기들이나 블로그 등에서 간단히 읽었던 이야기들에 내 마음대로 스토리를 덧붙여 다시 창작해내서 이야기하곤 했다.

같이 담배 한 개비. 샤요궁에 도착하고 얼마 지나지 않았을 때 11시의 에펠탑에는 조명이 들어오기 시작하더니 무뚝뚝해 보이던 철근과 날카로운 철탑의 끝부분에서부터 마치 눈에 쌓인 듯 따뜻하고 포근한 조명이 파리의 밤을 밝혀오기 시작했다.

그 순간 모두가 잠시 말이 없어졌다. 어느 나라에서 왔든 어떠한 일과 과거가 있었든지 지금 순간에는 아름다움 앞에 침묵했다. 그렇게 대화가 다시 시작된 것은 3분쯤 후였을까. 그제야 다시 보기 힘들 만큼 아름다운 순간들을 눈과 기억만이 아닌 사진에 담아 나중에 다시 추억하기 위해 카메라를 꺼내 찍고 스스로를 빛나는 에펠탑과 담기 바빴다. 사진을 부탁하는 사람들을 찍어주고 나는 조명 쇼가 끝나기 전까지 멍하니 그것을 바라보고만 있었다. 남매의 여자가 내게 다가와 말했다.

"사진 찍어드릴까요?"

나는 괜찮다고 한 번 사양했지만 떠미는 탓에 적당한 위치에서 어색한 웃음으로 그녀의 카메라에 담겼다. 그녀는 숙소에 들어가자마자 이메일로 사진을 보내주겠다고 말했다. 카메라의 LCD 위로 조그맣게 보이는 내 어색한 웃음은 빛나는 에펠탑과 상반되게 너무도 초라해 보였다. 색채마저 빛나는 것에 빼앗겨 도둑맞은 것처럼 보였다. 시오리의 느낌이 이랬을까. 나도 그녀와 팔짱을 낀 험악한 오빠를 찍어주었다. 남자의 초점은 풀려있었다.

11시의 조명 쇼가 끝나가고 메트로가 끊기기 직전까지 우리는 그곳 샤오궁에서 밤의 파리를 즐기고 무언가에 흠뻑 젖어있었다. 조명이 꺼지지 않고 주변이 계속 환했다면 우리는 그곳에서 몇 시간이고 있었을 것이다. 돌아오는 열차 안에서도 그 광경에 말을 잃어버려 출발하는 순간과는 다르게 조용히 돌아왔다. 간단한 인사 후 헤어져 숙소에 돌아와서도 마찬가지였다. 그 흥분감이 가시지 않아 나는 중간층으로 자리를 옮겨 냉장고에 두었던 남은 맥주를 꺼내 마셨다.

담배 두 개비의 시간이 지났을 때. 빛이라곤 거대한 창문 밖 달빛밖에 비추지 않았을 때 남매 중 여동생이 들어왔다. "역시 있었네요. 이메일 주소를 알려주지 않았던 것 같아서"라고 그녀가 말했다.

몇 시간 전까지만 해도 생전 모르던 남이었던 여자와 함께 처음 만났던 그 부엌 테이블 위에서 이제는 꽤나 자연스럽게 이야기를 나누기 시작했다.

그녀는 나보다 한 살 적은 24살의 평범한 직장인이었는데 건강상 회사를 관두고 그동안 모아두었던 돈으로 여행을 가려고 하자 집에서는 부모님의 걱정 탓에 집에서 백수인 오빠를 보디가드 식으로 붙여 함께 온 것이라고 얘기했다. 오빠의 돈은 그녀 부모님이 지원해주었다고.

도중에 내가 웃었던 포인트는 그 험악한 인상의 남자가 나와 동갑이라는 정도였다. 그녀도 그 점에서는 내심 놀란 듯했다. 자신의 오빠와 정반대인 동갑의 남자. 왜소한 어깨에 하얀 피부와 얇은 손가락을 지닌 사람을 보았으니 그럴 만도 했다.

이메일을 알려주고 사진을 건네받았다. 사진에서 내 얼굴은 자세히 보이지 않았지만 분명 어색한 표정에 손마저 어색했다. 마지막으로 사진을 찍혀본 지도 까마득했다. 나는 사진 찍히는 것을 싫어했다. 내 눈도 싫었고 '그 남자'를 닮은 코도 혐오했기 때문.

맥주를 나눠 마시다 결국 남은 보드카까지 꺼내 마셨다. 시간은 세 시, 나는 그녀에게 내일 일정을 물었다. 돌아오는 대답은 '그런 건 내가 정하지 않아요'였다. 아무렴 어떤가. 나의 굉장히 나쁜 버릇인데 적당한 취기가 다다르면 눈물이 흐르는 것이었다. 한 번 흐르기 시작하면 멈추기까지 시간은 알 수가 없다. 그동안 누르고 눌렀던 눈물들이 감정이 느슨해지는 순간에 그 틈을 비집고 튀어나오는 거겠지.

그녀는 당황하지 않고 마치 성냥으로 담배에 불을 붙이던 순간처럼 나를 조용히 달래기 시작했다. 눈물이 조금씩 잔잔해지기 시작할 때 나는 엄습하는 부끄러움 탓에 곧장 담배를 피우러 창가로 다가갔다. "죄송해요. 술버릇이 나빠서. 정말 미안해요"라고 나는 말했다. 그녀는 나보다 나이가 적음에도 이른 사회생활에서 배운 것인지, 자연스레 괜찮다며 나를 달래었고 이어 말했다. 자신의 오빠는 술버릇이 물건을 부숴버리는 것과 폭력을 휘두르는 것이라 부모님이 매번 골치라며 한숨을 쉬며 발목까지 내려와 있던 치마를 살짝 걷어 올려 다리에 나 있는 녹색으로 변해버린 멍 자국들을 보여주었다.

"이것도 오빠가."

나는 실례가 아닐 정도로 고개를 돌려버릴 수밖에 없었다. 달빛 때문에 멍 자국의 색깔은 역설적이게도 에메랄드 색으로 바라고 있었다, 라고 나는 기억한다.

그녀는 몸에 깊게도 배어있는 본능처럼 서서히 정리되어가는 분위기를 느꼈는지 테이블 위를 정리하기 시작했고 나는 그걸 도와 부엌에 우리가 다녀왔다는 것을 아무도 눈치채지 못하게 치워갔다. 험악한 인상의 사내가 자신의 여동생과 야심한 새벽 술을 마신 남자를 가만히 둘 리가 없었다. 물기 하나 없이 그곳을 치웠다. 고개를 돌렸을 때 그녀의 하얀 블라우스의 가슴팍께는 땀에 젖어있었다. 그럴 것도 날이 갑자기 더워지기 시작했을 즘이었으니까. 그녀는 가느다란 손목으로 땀을 훔쳤고 나 역시 등 쪽 부근이 젖어있었다. "이제 그럼"이라 말하며 인사를 하려던 차에 그녀는 내게 방 호수를 물었다. 이유는 묻지 않고 알려주기만 했다. 아마도 다음 날 떠나기 전 인사를 하지 않을까 싶었기에 의심 없이 알려주었고 방으로 우리는 돌아갔다.

밤의 샤워에는 많은 것들이 씻겨 내려져 가고 있었다. 떨어지는 물방울은 빛나는 에펠탑의 조명들을 연상시켰다. 드라이기로 머리를 말리려던 찰나 잔잔하던 방을 매우는 규칙적인 노크 소리가 조용히 두 번 울렸다. 분명히 그녀였다. 노크가 다시 한 번 울렸을 때 문을 열었고 내 가슴 언저리까지 오는 키의 여자를 내려다보았다.

"잠이 오질 않아서." 그녀가 말했다.

"저도 그래요"라고 조금 당황했지만 전혀 티 내지 않고 답했다.

마땅히 앉을 곳이 없던 작은 임대 아파트의 방에서 그녀는 내 침대 위에 앉았고 나는 창가에 기대어 선 채로 잠시간의 침묵이 이어졌다. 이상하게도 그녀는 내게 무슨 일을 하는지 어떠한 사람인지조차 묻지 않았다. 우리는 이름도 아직까지 모르고 있었다.

새 담배를 하나 꺼내어 불을 붙일 때 그녀가 내게 한 개비만 달라 말했다. 그녀와 나는 창가의 양옆에 기대어 달빛을 맞으며 담배 연기로 구름을 만들어대고 있었다. 이 방에 다른 여자와 함께하게 될 줄은 상상도 못했지만 싫은 상황은 아니었다. 달이 비치는 그녀의 얼굴에는 옅게 붉은 자국이 남겨져 있었다. 자연스레 그녀 얼굴에 손을 대어 확인해보려 했을 때 그녀는 내게 안겨 방금 전 중간층에서 내가 눈물 흘릴 때보다 훨씬 서럽게 눈물을 흘려댔다. 씻기 전과 마찬가지로 내 셔츠는 젖어가고 있었다.

내 머리가 다 말라갈 때쯤 그녀는 울음을 그쳤고 나는 아무것도 묻지 않았다. 그녀의 갈아입은 짧고 얇은 소재의 치마 사이로 내가 에펠탑을 가기 전 보았던 에메랄드 색의 멍 자국이 선명히 보이기 시작했고 나는 그 주변을 어루만졌다.

그 이후는 굉장히 자연스럽게도 그녀가 내 셔츠를 올려 벗긴 후 침대 너머로 던졌고 나는 그녀의 치마를 풀었다. 입술이 닿았을 때 진한 말보루 향이 느껴졌다. 곧장 샤워하기 직전의 상태로 우리는 돌아갔고 그녀는 내 입을 꽉 막은 채 내 위에서 움직이기 시작했다. 더욱 그녀의 다리가 눈에 들어올 수밖에 없었다. 녹색이 되어버린 멍은 아파 보였다. 손으로 감싸 가렸다.

반대로 그녀가 내 아래에 있게 되었을 때 너무도 슬픈 눈으로 내 눈을 바라본 탓에 내심 엄습하는 험악한 인상의 남자가 떠올랐지만 아무럼 어떤가. 입술로 눈물 고인 눈을 가렸다. 그렇게 30분쯤 그녀는 소리를 내지 않은 채 비명을 지르듯 입을 벌렸고 거기서 미세한 쾌감 섞인 탄식이 들려왔다. 내가 그녀 옆에 땀에 젖어 쓰러져 누워 잠에 들기 직전, 아주 미세하게 흐릿한 시야 사이로 그녀의 머리 위에 피어있는 하얀 그로테스크한 구름 같은 것이 보였다. 많이 피곤했던 탓이었을까.

나는 그렇게 옷가지 하나 걸쳐 입지 않은 채 처음 보는 여성과 밤을 보냈다. 나도 이제 이런저런 사람 중 하나가 되어버렸다는 생각과 묘한 쾌감의 틀 사이에서 깊은 잠에 빠져들 수밖에 없었다.

    뜨거운 빛에 다음 날이라는 걸 느끼고 지난밤의 일들이 떠올랐다. 튕겨지듯 내가 일어났을 때 그녀는 이미 이 방 안에 존재하지 않았다. 창틀에는 그녀가 피우고 간 듯 보이는 담배 몇 개비와 테이블 위의 간단한 아침 요리만이 그녀가 다른 나라로 여행을 떠났다는 것을 증명했다.

    나는 옷을 걸쳐 입고 바람 빠진 튜브처럼 침대에 걸터앉았다. 떠났다. 이름이라도 물어볼걸. 후회는 외로움으로 바뀌어 갔다.

    여자가 차리고 간 간단한 조식을 마치고 마트에서 산 에비앙 한 병을 다 비워내고 나는 그녀의 메일이 생각나 당장 노트북의 전원을 켜고 이메일을 확인했다. 이메일 밑에 덩그러니 'from. 하츠미'라고 적혀있을 뿐이었다. 그 이상은 그녀에 대해 내가 아는 것이란 일본에 사는 24살 여성이란 것과 험악한 인상을 지닌 오빠가 있다는 것, 그리고 건강이 약한 여자라는 정도뿐. 그게 다였다. 갈증은 목 깊숙이에서 시작됐다. 어쨌든 사람은 떠난다. 보내는 것도 아픈 것도 남겨진 자의 몫일뿐이다.

.12

 오늘 역시 계획 없는 하루였다. 공동 부엌에서 알게 된 영화를 좋아하는 일본인 남자가 있었는데 그와 술 한 잔을 걸쳤다. 그는 나와 꽤나 영화 쪽으로 이야기가 통한다고 생각했는지 대화는 길어졌고, 나는 당연하다는 듯 그를 따라 베르시에 위치한 시네마테크에 가게 되었다. 무조건 가야 했다거나 영화에 대한 큰 궁금함 따위는 없었지만 일단은 무언가 할 수 있음이 중요했다. 한편으로는 그 같은 나라에서 떠나온 말기 없고, 소심했지만 영화 이야기에는 누구보다 목소리가 커지던 남자가 나를 불러줌에 감사할 정도.

 아침은 건너뛰고 느긋이 오전 11시쯤 느긋이 나와 슈와츠 차이나타운에 있는 맥도날드에서 그와 함께 점심을 먹으면서 사람 구경 겸 중국인과 프랑스인들이 뒤섞여 버거를 먹는 역설적으로 보이는 진풍경을 보며 나는 여러 가지 생각에서 벗어나려 노력했다. 한편으로는 중국인의 세계적 생존능력과 어느 나라 상관없이 맥도날드는 북적인다는 것에 감탄하기도 했다.

 스무 살이 되던 해 나는 이탈리아에 간 적이 있었는데 새벽 2시의 시간임에도 이탈리아 토리노에 있는 맥도날드는 붐볐다. 대학에서 만났던 한 선배는 대학을 나서며 후배들에게 "나는 맥도날드를 차릴 거야. 맥도날드는 절대 망하지 않거든"이라 말했고 현재 그는 고향으로 내려가 교토역 주변에 있는 맥도날드 매니저를 하고 있다는 소식을 들었다. 당시 나와 같은 남자 대학생들에게 그곳은 안식처 같기도 혹은 도피처 같은 곳이었다. 공부에 가망이 없으면 맥도날드로 떠나자, 같은. 물론 옆에 있는 남자와는 이런 얘기를 나누진 않았다.

35도의 날씨 속에서 묵묵히 걸었다. 나는 이어폰을 끼고, 그는 이상한 팜플렛을 읽으며 용케도 누구 하나 부딪히지 않고 도착한 시네마테크는 내가 가진 가이드북에 적힌 것에 비해 작은 개인 박물관 같은 느낌이었다. 신기하게도 이번 달의 상영 중인 영화가 후카사쿠 킨지 감독의 영화가 걸려있었다. 옆의 영화 매니아 남자는 다소 흥분한 듯 그것들의 사진을 찍어대고 나에게 여러 말을 걸어왔으나 그렇게 흥분하는 이유를 나는 이해할 수가 없었다.

나는 오후 3시 30분의 티켓을 끊자는 그의 제안을 거절하고 주변 구경 등을 하다가 상영이 끝나면 입구에서 만나자는 인사와 흥분한 영화 매니아와 헤어졌다. 시네마테크 내부의 기념품 가게를 둘러 볼 생각으로 들렀다가 우표와 '굴소년' 피규어를 싼값에 구매했다. 그래도 시간은 4시였다. 여행까지 와 피가 낭자하는 영화를 보고 싶은 마음은 아니었지만 5시까지 시간을 보내기에는 막막했다.

적당한 공원의 벤치에 앉아 앞으로의 일정과 해야 할 것들에 생각해보았다. 나는 왜 지금 파리에 와있는지. 먹구름이 몰려왔다. 하지만 학생 간의 학살극 따위나 틀어주고 있는 곳에는 다시 들어가고픈 마음은 없었다.

.13

    유난히 흐렸던 7월 프랑스 파리의 밤. 시오리가 다시 한 번 꿈에
나왔다. 그날 꽤나 늦은 저녁까지 술을 마시고 엄청난 양의 담배를
피워댔던 탓인지도 모른다. 눕자마자 잡혀가듯 잠에 끌려들어가 버
렸고 그녀가 나왔다. 파리에서만 몇 번째인지 모르는 꿈. 언제나 그
렇듯 불분명한 장소에서 시작되었다. 하나 확실한 것은 내가 지내
는 파리만큼은 아니었단 것 정도.

    녹음이 지는 거리. 이유는 알 수가 없지만 그녀와 내가 유일하게
행복하다 느꼈던 시절처럼 우리는 교복을 입은 채로 다시 만났다.
그리고 우리에겐 서로가 본 적 없던 십대의 풋풋함이 묻어있었다.
시오리의 깊은 눈동자 속에서 내가 거울을 볼 때 느끼던 그런 진한
그리움이 녹아있었다. 분명히 보였었다.

    잠시 기억이 흐릿해 다시 생각을 한다. 우리는 긴 얘기를 하지 않
았고 아무 말 없이 어디론가 멀리 향하는 버스에 올라탔다. 지
금 굉장히 슬퍼지는 것이 있다면 열아홉의 그녀와 내가 알던 시간
의 그녀에게 똑같은 냄새가 나 다시는 현실에서 그녀와 만나지 못
한 채 이렇게 꿈에서만 만나게 될 것이란 불안감 탓이었다. 그런 그
녀가 내 옆자리에 앉아있다는 것은 꿈임에도 가슴을 짓누르는 듯한
통증이었다.

내 어깨. 좁은 어깨에 너의 작고 똑똑한 머리가 기대어졌을 때 비로소 내 어깨는 존재 이유를 찾은 듯했었다. 시오리의 머리에선 지독한 담배 연기로나마 잊어보려 했던, 그러나 불가능했던 포근하며 3월의 봄처럼 나를 진정시키는 향이 코를 간질였다. 어딘가 우리가 가지 못했던 먼 곳에 도착한 그녀와 나는 소리 내어 이야기하지 않아도 그동안 서로가 서로를 얼마나 그리워했는지 알 수 있었다. 그리고 멀어졌던 시간 동안 성숙해지고 아팠던 우리는 결코 똑같은 실수를 하지 않을 것이란 확신에 차 있었다. 한 번도 서로 멀리 여행을 함께 떠나보냈던 적이 없었던 그녀와 나지만 오늘 밤 꿈에서만큼은 다시 돌아올 수 없는 1분 1초가 소중하고 예쁜 시간을 보냈었다.

항상 그렇듯 거역 불가능한 힘에 이끌려 나오듯 그녀와 나는 강제로 헤어졌고 잠에서 깼다. 시오리는 내가 만날 수 없는 어딘가로 구름과 안개처럼 흩어졌고 나는 파리에 홀로 서 있었다. 비록 꿈이었지만, 처음 가보는 곳에도, 잠에서 깨어난 뒤 전혀 우리와 연관이 없던 프랑스 파리에서도 길마다, 굴목 모퉁이마다 여전히 네가 묻어있었고 내 앞으로는 네가 이미 밟고 지나간 듯한 꽃 핀 발자국이 남겨져 있었고 나는 그 발자국 위를 너와 맞추어 걸었다. 7월의 흐린 파리에도 네가 묻어있었다. 여행에서 외로움은 더 짙어질 뿐이었다.

시오리는 내게 안개가 섞인 바람일까 바람 섞인 안개였을까. 구름 속에서는 물방울이 무중력 상태처럼 흩날린다고 한다. 그런데 왜 시간이 흐르고, 지나버려도 시오리는 옅어지지 않고 더 짙게 남아 버리는 걸까. 따뜻한 몸의 촉감과 체취가 그립다. 유난히 긴 생머리를 좋아하던 나는 그 풍성한 갈색의 긴 머리를 올려 묶는 순간의 우아한 손동작부터 어쩌면 은밀하지만 야한 것과는 거리가 멀지만 나를 흥분시키게 만드는 너의 겨드랑이까지 여전히 뚜렷하다. 어쩌면 바람이 불 때 그녀가 불어오는 것일 수도 있다고 생각했다.

한없이 매서운 칼날과도 같은 바람 속에서 양손으로 감싼 채로 지켜주고 싶게 만드는 얇은 분홍색의 꽃잎 같은 싱그러움과 가을의 다가옴처럼 괜시리 외로움을 느낄 수 있던 볼과 작은 코. 거기에 입맞춤을 하던 그때 그 순간의 냄새가 안개 속에 섞여 비와 함께 구름 속을 비행하고, 유지시킨다. 어쩌면 정말 저 멀리, 내가 없는 그곳에서 시오리를 스쳤던 안개 바람일지도 모르겠다.

누구든 무엇이든 좋다. 내가 미워 떠난 그녀가 외롭지 않도록, 내가 아니더라도 그녀를 감싸고 지켜주기를. 아끼고 만지고 기억해주기를. 아름다움이 그녀만의 냄새가 떠나가지 않도록 사랑으로서 물을 주기를. 안개를 보면 그 위에 기억들로 색감을 이식해 재창조 해낸다. 안개는, 나의 가장 큰 도화지이자 스케치북이다.

.14

　오늘도 계획에 없던 탐색에 나섰다. 명목 상 탐색이지 사실상 관광에 불과했다. 파리의 서쪽 외부에 있는 베르사유 궁전을 찾기로 했다. 궁전이라던가, 무언가 귀족들 또는 부자들이 지내는 곳이면 내가 찾던 음모론 같은 이야기의 단서거리라도 찾을 수 있지 않을까 하는 기대감 탓이었다. 옛날부터 귀족들은 항상 그런 웃기지도 않는 음모론들을 달고 살아왔으니까. 그래도 나름 기대라면 기대였다. 지금은 단서라고 할 것은 단 하나도 없었으니까. 기껏해야 진영이 말했던 이야기들.

　그리고 내 주변은 공허했다. 집시 스타일의 수염이 덥수룩하게 난 남자와 스포츠맨 스타일의 일본인 남자 둘을 아파트 공동 부엌에서 만났다. 그들과 어쩌다 이야기가 맞아(여행 온 뒤 줄곧 그런 것 같지만) 함께 베르사유로 떠나기로 했다. 저 20대 두 남자는 친구끼리 함께 여행 온 것 같지만 사이는 썩 좋아 보이지 않았다. 덕분에 나도 이동 중에 별 볼일 없는 대화를 많이 할 필요가 없어 편했다.

　귀는 이어폰 속에 맡겼다. RER C선에 몸을 올렸다. 토요일의 베르사유는 심각하다 싶을 만큼 사람으로 북적거렸다. 그 점은 큰 불만이자 불편함이었지만 파리에 오고 난 뒤 처음 보다시피 한 맑은 하늘은 태어난 이후 본 것 중 가장 아름다웠고 앞으로도 그럴 것만 같은 하늘이었다.

잠시 인파를 벗어나 베르사유 궁전에서 조금 떨어진 곳에 위치한 카페의 테라스에 앉아 잠시 점심을 먹으며 줄이 조금이라도 줄기를 기다렸다. 카페의 웨이터는 심각하게 느긋했다. 내가 살던 곳에선 감히 생각하기 어려운 광경. 이 나라의 웨이터들은 정말 느긋했다. 돈 벌 생각이 별로 없는 게 아닐까라는 생각을 할 만큼이니.

어떻게 됐든 점심을 먹으며 시간을 느긋이 보내며 베르사유 궁전에 들어가기 위한 줄에 합류했다. 더욱 놀라운 것은 이곳에도 어마어마한 수의 중국인들이 차지하고 있었다는 점이다. 사실 이젠 놀랍지도 않았고 그 줄의 동양인 중에 하나로 합류했다.

한 시간 쯤 대기했을까. 정원이 보일 때쯤 거대한 줄 옆에 아무도 사용하지 않던 티켓 머신이 있었다. 일본에서 온 세 얼간이라도 된 느낌이었다. 왜 아무도 티켓 머신을 사용하지 않았을까 같은 의문감보다 수염 남자는 화가 난 모양이었다. 스포츠맨은 다 귀찮으니 간단히 둘러보기를 원했다. 결국 그 남자들과는 나중에 입구에서 다시 모이기로 한 뒤, 나는 정원 티켓을 끊고 베르사유 정원을 걸었다.

어느 영화에서 보았던 정원의 꽃, 미로가 보였다. 장미는 참 아름다웠다. 맑은 날씨에 베르사유 정원의 장미를 본 것은 즐거웠다. 아마 시오리가 이곳을 보았다면 좋아 눈물을 흘렸을 것이다. 그녀는 그런 감성을 지닌 여자였으니까. 누구였든 그녀를 회색 여자라 부르는 것을 용서할 수 없었다. 내가 아는 여자 중 시오리처럼 색체가 뚜렷한 여자는 없었으니까.

나를 제외하고 두 남자는 제 각각 입구에 모였을 때 싸우기 시작하더니 오후 3시쯤 되었을 때 결국 숙소로 돌아가자는 얘기가 나왔다. 내가 겨우 그 둘을(그럴 필요는 없었지만 그래도) 달래서 루브르 박물관이라도 가자고 얘기했다. 사실 그곳에서 보고 싶은 것은 없었지만, 파리니까. 대단히 단순한 이유였다.

성격에 맞지 않던 이 행동이 잘못이었던 걸까. 이때부터 살짝 무언가 뒤틀리기 시작했던 것 같다. 이날의 나쁜 기분은 시간이 흘러도 잊기 힘들 만큼의 괴로움이었다. 이내 루브르역에 도착했을 때 하늘의 색이 흐려지기 시작했다. 박물관에 들어갔을 때 니케 동상 쪽에서 그 남자들과는 길이 엇갈려 버렸다. 연락할 수단이 없었지만 차라리 속은 시원했다. 나는 혼자 가이드 음성이 나오는 이어폰에 집중해 명작 코스를 돌며 모나리자 앞에서 20분을 보냈다. 사실 제일보고 싶었던 그림들은 루브르가 아닌 오르세에 있지만 모나리자를 실제로 보는 느낌은 굉장히 묘했다. 하지만 이내 또 다시 인파에 휩쓸려 나는 떠밀려 입구까지 그대로 나왔고, 오랜만에 너무 많은 사람 틈에 있어 힘들었던 탓인지 화장실에서 점심에 먹은 것들을 죄다 토해 냈다.

이상하게 어지럼증이 심했다. 바깥 공기라도 마시기 위해 나왔을 때 하늘에선 비가 떨어지기 시작했다. 작게 입으로 욕이 비집고 나왔다.

"시발."

물론 아무도 알아듣진 못했다. 그 탓에 묘한 쾌감을 느꼈던 탓일까 계속 입에 "시발"을 외치고 걸었다.

"시발. 시발. 시발. 시발. 시발."

결국 몇 십 번쯤 미친 사람처럼 욕을 내뱉고 비를 맞았다. 젖은 셔츠와 머리를 살짝 털고 시계를 보았을 때 시간은 아직 6시도 채 되지 않았다. 아무래도 난 정말 박물관과는 거리가 먼 사람인가 하고 생각했다. 벌써 하루를 마무리하기에는 아쉽다는 생각이 들었다. 거의 강박에 가까웠지만 구름공장에 대한 단서를 하나도 찾지 못한 채 하루를 보내는 것이 아까워 한 군데만 더 들러보기로 했다. 늘 지니고 다니는 지하철 노선도를 펴 표시해뒀던 앙베스역에서 가까운 벼룩시장을 가보기로 했다. 꽤나 외각에 위치하기도 했고 그런 곳이라면 (내가 원하는 단서를 얻을 수 있을 것이라 생각했다) 조금 더 수상한 장소에 대해 단서가 있을 것이라 판단했다.

파리의 외각에 위치한 벼룩시장이다 보니 보통 파리에서 느낄 기풍과 아름다움은 덜했다. 여행객들로 보이는 사람들의 수도 확연히 줄었고 더군다나 살 만한 것은 더욱 없었다. 일반적인 장터와 비슷했다. 아마도 날을 잘못 잡은 탓도 있겠다. 그럼에도 단서를 찾겠단 생각으로 카메라로 열심히 주변을 찍으며 조금씩 외곽으로 나아가고 있었다.

비가 내림에도 사람들이 꽤나 우글거리던 시장에서 벗어났을 때 나는 누가 보아도 불법체류 중인 중동인 무리의 표적이 되었다. 여행객에 불과한 내게 가짜 '아이폰' 등을 들이밀며 어설픈 영어로 접근하던 그들에게 아주 잠깐 시선이 팔렸을 때 내 바지주머니 사이로 비집고 들어오는 손길을 막지 못하였다. 당황스러웠다. 뛰어가는 그 어린 소매치기와 나를 가로막는 험악한 인상의 중동인들 앞에 힘없이 서 있을 수밖에 없었다. 그들 역시 폭력을 행사할 마음은 없었는지 소매치기가 적당히 멀어진 후 의심을 거뒀다. 그때를 기회로 나는 메트로의 방향을 확인하고 뛰었다. 그들은 일정 거리 쫓아오다 내가 손에 잡힐 거리가 되지 않자 멈추어 내가 메트로로 내려가는 것을 바라보았다.

계속 뒤를 둘러보았지만 긴장이 풀리지 않아 매표소에서는 손이 떨려 들고 있던 동전들을 죄다 흘려버렸다. 허둥지둥대다 어머니 나이대의 흑인 여성이 걱정하며 바닥에 떨어진 동전들을 내게 쥐어주자 나는 약간 안심하였다. 다리가 풀려 바닥에 주저앉을 뻔도 했다. 그와 동시에 내 연약함과 머나먼 타지에 홀로 있었음을 거의 2주 만에 깨달았다. 나는 약했고 오만했다. 여행의 익숙함에 망각한 것들이 많았다.

흑인 여성에게 감사하다는 말을 전하고 숙소로 향하는 메트로에 탔을 때에서야 나는 내가 80유로 정도를 잃어버렸다는 것을 알 수 있었다. 어제 ATM 기계로 인출했다는 사실도 있지만 그것보다 화가 나는 것은 스스로에 대한 실망감과 남은 여행의 기분을 망칠 것이란 점이었다.

경찰에 연락할 마음은 없었다. 물론 80유로 정도의 돈은 나 같은 여행객에는 나름대로 큰 액수일 수도 있으나 여행을 망쳐버릴 만큼의 금액 역시 아니었다. 내가 살아오던 일본이나 한국에서는 겪기 힘든 일이었기에, 나는 기분을 망치기 싫어 빨리 메트로 쪽으로 향했고 메트로 안에서도 가방을 끌어안은 채 깊은 의심의 눈초리를 불특정 다수의 죄 없는 프랑스인들에게 쏘아 보냈다. 돌아오는 길 내내 익숙해졌다 느낀 메트로가 너무나 낯설었고 지나가는 모두가 두려웠다.

무사히 숙소로 돌아왔다. 긴장이 진정되자 피로가 몰려왔다. 오늘은 더 이상 여행이나 조사를 떠날 컨디션이 되지 않았다. 냉장고를 뒤져 전날 먹다 남은 맥주를 한 캔 마셨다. 담배를 꺼내 물었다. 자신의 무기력함에 약간 진절머리가 났다. 저녁 식사로 사두었던 음식들도 맛이 없어 차라리 샤워를 하자는 마음에 먹던 것들을 그대로 쓰레기통에 박아두고 샤워를 하며 남은 긴장감들을 흘려보냈다. 진영에게 들려 줄 부끄러운 이야기가 하나 생각난 것은 긴장이 제법 풀렸다는 것을 알게 해주는 신호 같은 역할이었다.

.15

정확히 설명하기는 힘들지만 엄청난 꿈과 뜨거운 직사광선이 창문을 통해 나를 깨우기 전까지 그 속에서 쉽게 나올 수가 없었다. 분명 달콤한 꿈은 아니었으나 현실보다 잔혹하지는 않았던 것은 확실했다. 자기 전 여전히 떨리는 손 탓에 남은 보드카를 몇 잔 마셨고 그동안의 피로와 열감기의 기운에 속이 매스꺼웠다.

한참의 시간을 침대 위에서 허비하다 오후 3시가 되어 겨우 일어났다. 미지근한 물로 샤워를 하고 창문에 기대 담배를 태우며 날씨를 살폈다. 구름에 적당히 해가 가려져 지난날보다 더위는 덜했다. 다행이었다. 분홍빛 맴도는 재킷을 셔츠 위에 걸치고 밖으로 나왔다. 시테까지는 숙소에서 얼마 걸리지 않았다.

오늘 만나기로 했던 여자가 시테역 출구 앞에서 나를 기다리고 있었다. 파리에 처음 도착하고 우연하게 만났던 음악 이야기를 나누었던 피아노를 치는 한국인이지만 미국의 삶이 더 익숙한 여자. 한국어는 나보다 미숙했으나 먼 타지에서 느낄 고향의 향수를 풍기기에는 충분했다.

일단은 걸었다. 지난 열차 안에서 짧은 대화의 연장선에서 지금까지 대화에서 느낀 거였지만 그녀의 지극히 천진난만하며 동양적 눈매와 뽀얀 피부에 순수한 궁금함이 진득하게 녹은 말투는 그녀가 뉴욕이라는 거대한 도시에서 거주한 지 10년이 넘어간다는 것이 믿기 힘들 정도였다. 일반적 편견일지도 모르지만, 피아노와 클래식을 사랑하는 이 여성은 오히려 작은 도시의 평범한 여성 같았다는 것. 물론 관상 같은 것을 따지려는 것도 아니다. 그녀의 이름은 '데이지' 물론 하나의 이름이 더 있었지만 본인은 그쪽 이름이 더 익숙하다고 했다. 어떤 느낌인지 잘 알기에 나 역시 다른 쪽 이름을 알려주었다.

우리가 향하고 있는 장소는 비발디가 작곡한 곡들을 연주하는 콘서트였다. 데이지가 콘서트 표가 있다고 말해주었기에 파리에서 아는 곳이라곤 모두 가이드 북 속에 없었기에 잘된 참이라 생각하고 그곳으로 향하고 있었다.

데이지는 부모의 직업 탓에 어릴 적부터 많은 국가를 옮겨 다녀 4개 국어가 가능했다. 나에게는 도무지 불가능한 능력 같았다. 그녀가 잠시 들른 카페에 앉아 능숙한 불어를 구사하는 동안에 나는 커피를 주문할 때 말고는 불어를 세 마디 이상 뱉을 수가 없었다. 다행인 걸까. 오데옹역과 소르본 대학을 지나며 카페 거리에 들어섰을 때 콘서트까지 시간을 보낼 적당한 카페를 찾기 힘들어하고 있었다.

카페들은 하나같이 아름다웠고 사람들이 가득 찬 테라스는 르누아르의 무도회를 보는 듯했다. 감탄이란 핑계의 우유부단함에 내가 빠져 있을 때 데이지는 내게 말을 건넸다.

"앞으로 70걸음 후 우리 오른쪽에 있는 카페로 가는 거, 어때요?"

나는 그런 선택 방법은 이제껏 들어보지도 행해보지도 못했기에 그녀가 하자는 대로 하기로 했다. 사실 어떠한 곳이 나오든 그 결과가 궁금하기도 했다.

"66, 67, 68, 69, 70. 여기에요. 마음에 들어요?"

70걸음 째에 오른쪽에 위치했던 카페는 모든 카페가 아름다웠던 탓도 있지만 특별한 선택 능력 탓인지 더 성공적이었다.

파리의 이름 모를 카페에 앉아 같은 나라에서 온 여성과 대화를 나누는 시간은 별 다른 대화가 없어도 생각보다 특별한 시간이었다. 그녀 쪽에서 질문하는 유명한 작가들과 내가 쓰고 있는 글들, 내가 질문하는 그녀가 연주하는 곡들과 오늘 듣게 되는 연주회에 대한 질문들. 당연히 한국어로 주고받았다. 진영 외에는 한국어로 대화한 사람은 5년 이래로 없었다.

내게 다양한 질문들을 쉼 없이 내뱉는 입에서는 거의 처음 대면하는 사람에 대한 경계 같은 것은 전혀 느껴지지 않았다. 그게 데이지의 능력이자 매력이었다. 방금 샤워를 하고 센느강에서 불어오는 파리의 바람은 파스텔톤 같은 느낌과 인상파 화가들의 그림을 보는 기분을 느꼈다. 시간이 되고 우리는 서로 담뱃불을 붙여주었고 팁과 커피 값을 테이블 위에 올려둔 뒤 콘서트를 보러 장소인 성당으로 향했다.

데이지는 공연 시작부터 중간 중간 고전 음악의 지식이 전무한 내게 설명과 이야기를 해주었지만 비발디는 내게 '사계'뿐이었다. 비발디의 생애와 그의 곱상했던 외모와 꾀병을 부리다 진짜 병으로 일찍 사망한 천재 작곡가. 그런 이야기는 진심으로 재밌었다.

정확히 1시간 정도가 지난 뒤, 공연은 끝났고 관객들이 모두 일어서 박수를 칠 때 나는 데이지를 따라 함께 박수를 쳤다. "공연 어땠어요?"라는 질문에 나는 그저 느낌으로만 생각을 전했다.

"파리에서 이런 여유를 즐기는 게 처음 같아요. 파리에서 여행자가 클래식 콘서트를 즐긴다는 자체가 신비로운 경험 같아서 좋았어요. 그리고 연주 중에 성당에서 종소리가 울리기도 했잖아요. 그 종소리가 컸음에도 연주자들은 멈추지 않고 괴리감 없이 연주와 어울리는."

잠시 침을 삼키고 종을 울려다 보며 말을 이었다.

"마치 곡의 한 요소였단 것처럼 어우러졌던 게 이 성당이 처음 지어졌던 때도 그랬지 않았을까, 그런 생각을 했어요, 나는. 좋았어요. 덕분이에요."

데이지는 내 어깨쯤 오는 위치의 키에서 나를 올려다보며 생긋 웃었다. 볼 키스라는 이곳 식 인사는 내게 처음이라 굉장히 쑥스러웠지만 시테의 카페에서 아름다운 자연 조명과 바람, 클래식을 즐겼던 연상의 여성과의 헤어짐이 더욱 아쉬웠다. 그 참이었을까. 데이지는 택시를 타기 직전 배웅 하던 나를 뒤돌아보며 말했다.

"파리를 떠나기 전 다시 만나요."

나는 손을 흔들어 그녀가 시테의 다리를 건너 파리의 야경 사이로 사라지는 것을 가만히 바라 한참을 바라보았다. 숙소에 돌아와선 공동부엌의 사람들과 섞여 술잔을 나누었고 약간 들뜬 마음에 잠에 들기가 쉽지 않았다. 오늘 보내었던 시간을 다시 돌이켜 보았다.

70걸음, 카페, 센느강의 바람, 생 샤펠, 비발디, 그리고 볼 키스. 창가에 기대어 위스키를 잠시 창틀에 올려두고 담배를 피우기 시작했을 때, 여전히 아파트 가까이 있는 공장에서는 구름을 만들어 내고 있었다.

안녕, 한때는 내가 알았던 사람아

악몽과도 같은 지독한 더위를 내뿜던 해가 지고 더위도 함께 살짝 가셨을 무렵, 오늘도 아파트의 창밖으로 기분 좋은 모양의 구름을 뿜어내는 공장이 보였다.

내가 이곳에 온 이유. 나는 마침내 그 공장을 찾았다고 생각했다. 물론 확실한 정보도 위치라고 아는 것도 '아파트에서 내려다보이는 곳' 그것뿐이었다. 그럼에도 우연과 직감으로 나는 내가 찾아 헤매던 곳이 그곳이리라 믿었다. 아니 그곳이 아니면 안 된다. 아직 기분 나쁘게 뜨거운 몸을 추스르고 나는 그곳으로 향하기 시작했다.

겉에서 보기엔 마냥 평범한 공장이었다. 가까이 다가갈수록 묘하게 익숙한 냄새가 흐르긴 했지만 거슬릴 정도는 아니었다. 공장에 보다 가까워졌을 때 나는 그 아래에서 고개를 치켜들고 높은 굴뚝에서 구름이 뿜어져 나오는 것을 한참 바라봤다. 저건 구름이 분명하다 싶을 만큼의 색감과 부드러움. 파리의 구름은 이곳에서 만들어지는 게 분명하다 생각했다. 그렇게 굴뚝을 감상하고 있을 때 어디선가 다수의 사람들 소리가 들리기 시작했고 소리가 나는 방향으로 발을 옮겼다.

견학이 가능한 것인지, 매표소 같은 곳이 눈에 들어왔다. 그 앞에는 평일 치고는 꽤 많은 수의 사람들이 줄을 서 있었다. 관광객의 그것보다는 현지인처럼 보이는 사람들이 더욱 줄 서 있는 것이 아이러니 했지만 내게는 별 상관없었다. 줄이 좀 길어질 것 같은 마음에 매표소 옆에 있는 작은 마켓에서 담배를 하나 사 폈다. 종류는 단 한 종이었다. 대충 시간을 때우기 위한 흡연이라 생각하고 한 대를 물었다. 매우 특이한 맛이었다. 마치 구름을 뿜어내는 것 같았다. 폐 속으로 구름이 들어와 떠다니다 흩어지는 느낌이었다. 그리고 지독히 독하고 우울한 맛이었다.

묘한 확신이 생겼다. 진영이 말했고, 내가 이 헛고생 같은 여행에 발을 올린 유일한 목적. 프랑스 여자와 하룻밤 자보려는 질 낮은 그러한 것이 아닌 바로 이곳. 마저 담배를 다 태운 뒤 남은 건 옷 안 주머니에 깊숙이 넣어두었다. 길지 않은 견학 줄에 나 역시 줄을 섰다.

이것 때문에 이 멀리까지 비행기를 타고 온다는 말이지. 헛웃음이 맴돌았다. 도저히 누군가 비웃을 처지가 아님에도 불구하고 스스로가 한심하게 느껴지는 그런 느낌. 하지만 나는 지금 제일 절박했다.

스물세 살 이후 생긴 버릇인데 이럴 때마다 손이 떨리고 시간이 묘하게 빠르게 흘러간다. 호흡도 불규칙해진다. 이제 나를 속박하는 많은 것들과 이별 가능할 거란 기대감 사이에 홀가분해지는 기분도 있었다. 이미 내가 잊어버리고 잃어버린 것들은 상관없다. 당장 저 문 안의 세계에는 뭐가 있을지, 도대체 왜 이 공장은 구름을 만들어 내고 있는 건지. 그게 궁금할 뿐이었다. 그들은 누굴까. 내가 이 먼 곳까지 몇 개월 아르바이트로 벌어 온 목적성이 확실하긴 할까.

"내가 바란 건 에펠탑도, 베르사유 궁전도, 아름다운 프랑스 여자도 아닌 이 담배공장이었어."

그때였다. 깔끔한 보스 슈트 차림새의 몇 가닥 없는 머리를 나름대로 멋스럽게 빗어 넘긴 다소 키가 작은 백인 남자가 공장에서 걸어 나왔다. 얼핏 보기에도 이곳의 관리자 혹은 사장 같은 이미지였다. 그의 입에는 담배가 물려있었다. 내가 산 담배와 같은 종류의 담배였다. 우연히 그와 눈이 마주쳤을 때 내가 원하는 것, 그리고 그가 원하는 것을 눈빛을 통해 주고받았다. 우리는 알 수 있었다. 그는 아마도 내가 왜 여기에 있는지 명확히 알 것이다. 젊은 동양인 남자가 이런 곳까지 홀로 올 일은 드문 일일 테니까.

그는 "유이치 씨. 이리로 오시죠"라고 단번에 내 이름을 맞춰 나를 불렀다. 그의 친절한 배려로 단신으로 온 나를 줄에서 빼낸 뒤 불러 VIP 엘리베이터 쪽으로 손짓하여 불렀다. 나는 하루 종일 줄을 서고 있을 것 같은 군중들의 매서운 눈빛을 무시하고 그를 따랐다. 그가 어떠한 방법으로 내 이름을 아는지 같은 건 이 공장의 비현실 같은 감각에 묻혀 그다지 중요한 일이 아니라 생각했다.

나는 투명한 통유리로 된 엘리베이터 앞에 대머리 남자와 섰다. 사실 이곳에 오기 직전까지 주변을 한참 둘러보았다. 주변은 오래되어 보이지만 겉과 안이 모두 깔끔한 공장, 그리고 심각히 오래된 파리의 담배 가게들이 늘어선 조화로운 거리들. 마치 거리에서 헤밍웨이가 담배를 피우고 있을 것만 같은 그런 느낌. 이질적인 건 단 하나 '나'뿐이었다.

긴장감 탓인지 손의 떨림이 멈추지 않고 있었다. 지난날 '약' 하나 하지 않았는걸. 담배도 바로 직전에 피우고 왔다고. 그때 대머리 남자가 말을 걸어왔다.

"미스터 유이치."

나는 얼추 대답했고, 고개를 끄덕였다. 이해할 수 없는 일들 투성이에 그가 내 이름을 아는 것 정도는 별것 아니었다. 나는 그 말에 의심 없이 반응했다. 그 동시에 엘리베이터는 하염없이 지상과 작별하며 아래로, 중력과 기계의 힘으로 인해 더 깊은 아래로 끊임없이 빨려들어 갔다. 아직 최하층은 아니다 싶은 층에서 엘리베이터는 멈췄다.

나는 이 현실성 없는 키 작은 대머리를 가이드처럼, 부모 뒤를 따르는 아기처럼 무작정 따라 갈 수밖에 없었다. 나는 엘리베이터를 나서는 그의 뒤를 멀어지지 않게 밟았다. 경계를 완전히 거두지는 않았다.

그곳 앞에서 나는 잠시 눈을 찌푸렸다. 뉴스에서나 보던 반도체 공장의 내부를 보는 듯했다. 안은 온통 흰색에 조명이 지나치게 밝았던 탓이다. 일반적인 담배 공장도 본 적 없지만 이곳에서 만드는 담배는 그야말로 '그로테스크'했다. 비현실적 상황을 보았음에도 아무도 믿어주지 않겠지만 나는 지금 상황에 절실히 현실이 필요했다. 그것도 초현실적인 것이. 담배를 제작하는 과정들을 카메라가 없는 대신에 눈으로 최대한 담으려 노력했다. 진작에 카메라 같은 건 가져 오지도 않았지만.

여기선 모두가 머리부터 발끝까지 흰 옷을 청결히 입고 있었고 머리 위로는 특이한 모양의 헬멧이 씌어져 있었다. 헬멧의 윗부분에는 천장의 다른 호스와 연결이 되는 장치로 다 이어져 있었다. 그리고 그들은 하나같이 정갈히 앉아 독서를 하고 있었다. 헬멧만 없었다면 이곳은 정신병동의 도서관 같은 이미지를 풍기고 있었다.

도대체 뭘 하는 행위일까? 질문을 하려던 차, 눈앞의 한 흑인 여자가 독서를 끝마치고 책을 덮자마자 머리에 쓴 헬멧에서 하얀 연기가 뿜어져 나왔다. 그 연기는 위에 연결된 호스를 타고 천장으로 올라가 하나의 관 속으로 빨려 들어가고 있었다. 여자는 헬멧을 벗었고 새로운 책이 그 여자 앞으로 도착했다. 그렇게 셀 수 없는 수의 사람들이 이곳에서 끊임없이 정체모를 하얀 연기를 만들어 내고 있었던 것이다. 세상의 구름을 모두 이 사람들이 만들어 내는 건 아닐까? 그리고 어떻게 이게 '담배 공장'인지 하마터면 잊어버릴 뻔했다.

넋이 나간 내게 대머리 남자는 아무 말도 않고 공장의 위쪽에서 철로 된 난간을 계속 타고 아래를 내려다 감시하듯, 혹은 인간들을 불쌍히 내려다보는 신처럼 아래를 바라보며 걸었다. 나도 시선을 따라 내려다보았다. 청결하기는 정말 반도체 공장을 연상하게 했다. 도서관과 반도체 공장이라니. 분명 평범한 담배 공장은 담뱃재가 흩날리며 타르 냄새나는 기계가 윙윙 돌아가는 공장이리라 생각했다. 그들은 '아이폰'이라도 만들어 내는 듯 굉장한 집중력을 보였다. 청결했고 침묵은 깨지지 않았다. 그리고 청결한 연기를 만들어냈다.

이곳은 심각하게 넓었다. 벌써 저 묘한 대머리의 뒤를 따라 한 시간을 걸었지만 공장 구경이 끝날 기미가 보이지 않았다. 이 사람은 이미 화장실을 다녀왔겠지. 그렇게 생각했다. 사실 화장실 생각이 나는 건 아니지만 갑자기 가고 싶어지면 어떻게 해야 하나 불안했다. 단순한 견학 수준이 아니었으니까. 그리고 이 비정상적인 공간에 화장실 같은 것은 용납하지 않는 듯했다.

대머리는 나한테 관심도 없다는 듯 계속 걸었다. 사십 분쯤을 더 걸었을 때, 동양인 무리가 구름을 만드는 작업을 하는 장면을 잠시 유심히 보았다.

그 많은 사람들 틈에서 나는 익숙한 얼굴을 본능처럼 찾아냈다. 벨기에를 간다고 말하며 떠났던 지난밤의 남매. 그리고 60대로 보이는 남성. 60대 남성은 어딘가 지나치게 낯이 익었다. 그랬다. 그런 것이었던 건가. 힘이 풀려 난간에 걸터앉았다. 퉁 하는 소리가 공간에 울려 퍼졌다. 그럼에도 그들은 하나 같이 무표정이었다. 나는 이 공간에서 이질적 존재였다. 우리가 언제 알았던 사이인 사람인 것마냥 무표정으로 그들은 독서를 하고, 구름을 뿜어댔다.

'그 사람'이었다. 나는 공중에서 중년 남자를 노려보았다. 나의 모든 증오. 나의 분노. 나를 만들고 동시에 고통 속에 던져 놓은 남자. 하지만 그 중년 남자에게 내 분노는 부질없어 보였다. 눈은 아주 평온하게 허공을 바라보고 있었다. 그리고 아주 진한 회색에 구름이 머리를 타고 뿜어져 나와 그의 얼굴을 가렸다. 마치 내게 연기를 뿜어내는 듯.

난간을 부여잡고 겨우 일어나 외쳤다.

"여기 계셨네요. 돌아오실 마음은 있으세요?"

아마 없어 보였다. 오랜 시간 일과 가족을 위해 희생하던 그가 돌연 사라지고 자유를 찾아 나선 것에 여전히 이해 못할 역설적 분노를 야기했다. 할 이야기가 목을 터질 듯 부어오르게 만들었고 감정을 들끓어놓았지만, 나는 난간을 박차고 일어나 한때 가족이었던 마지막 배려라 생각하며, 그리고 다시는 돌아오지 못할 과거를 회상하며 그를 부르지도 않고 대머리 남자를 따라 끊임없이 걸어갔다. 소리를 미친 듯 지르고 싶었지만 그때 대머리 남자는 내게 "담배를 피우셔도 됩니다. 파리는 그런 곳이니까요"라고 말했다.

나는 그 말이 끝나기 무섭게 담배를 꺼내 물었다. 목이 조금은 편해졌다. 기분은 담배 색처럼 하얗게 변해갔다. 이 담배는 그런 담배였다. 뒤를 돌아보지는 않았다. 대머리 남자를 따라가며 십대 시절, 아직 아버지란 사람이 사라지기 전 내게 해줬던 말이 떠올랐다. 이유는 모르겠다.

"인간 사이의 틀어짐과 실망할 것이란 두려움에 울고, 아파하지 말거라. 완벽함을 지키려는 것만큼 인간관계에서 무지해지고 상처 주는 일도 없단다. 어차피 시시하고, 웃기지도 않는 일들 투성이와 연속에서 우리는 이해하며 맞춰 나아가는 것일 뿐이지. 우린 누군가가 완벽의 손수건을 흔드는 그것에 함께하는 것이 아니다. 시시한 우리는 그 시시함 자체가 매력인 사람들이란 것이란다."

내가 기억하는 아버지의 처음이자 마지막 말씀이었다. 이 기억이 갑자기 왜 떠오르는 것인지 모르겠지만, 그 말씀은 지금까지 인생을 버텨온 작은 힘 중 하나였다. 떠나버렸지만, 나를, 우리를 버렸지만 나는 이제 더 이상 분노하며 살지 않기로 했다. 그건 부질없는 일일 것이니.

동양인들만 있는 장소를 나오기 직전 입구 쪽에서 또 한 명 익숙한 얼굴이 눈에 들어왔다. 회색 여자라 불리던 여자. 내가 사랑하는, 나를 버리고 '사라진' 그녀가 여기에 있었다. 아니 그녀마저 여기에 있었다. 분노, 슬픔, 배신감? 나는 꽤 높은 철다리에서 아버지를 보았던 그때와는 다르게 그녀 앞으로 뛰어내렸다. 이해 불가능한 사건들 속에 나는 제정신으로 있을 수가 없었다.

착지와 동시에 다리의 인대가 끊어진 것 같은 뜨거운 통증이 있었지만 그런 걸 신경 쓸 겨를이 없었다. 그녀가, 사라졌다고만 생각했던 '시오리'가 내 앞에 있다. 애석하게도 그녀 역시 무표정, 독서, 구름 만들기만 반복하고 있었다. 공장의 부품이 되어버린 거니? 사라진다던 게 고작 이런 거였니? 너는 파리에서 그저 독서가 하고 싶고 담배를 만들고 싶었던 거야? 라고 말하고 싶었다.

어깨를 잡고 마구 거칠게 흔들어도 읽고 있던 책을 저 멀리 던져 버려도 그녀는 반응이 없었다. 그녀는 다시 책을 주워와 앉을 뿐이었다. 나는 그 자리에 주저앉아 어린아이처럼 울었고 그녀는 책을 읽었다. 대머리 남자는 위에서 '내려다보며' 딱히 다른 제재는 하지 않았다. 그저 신처럼 바라만 봤다. 이런 일이 한두 번이 아닌 것처럼.

이해가 가지 않는 공간에서 이런 상황이라니. 갑자기 웃음이 나왔다. 큰 소리로 공장을 채울 정도로 크게 웃었다. 계속 웃었다. 이렇게 미쳐버리는 걸까 하는 그런 웃음. 그리고 마지막엔 바람이 빠지는 웃음. 그 웃음은 내가 그들에게 하고 싶은 모든 말들을 삼키게 만들었고 부질없음을 알리는 경적 같았다. 체념이었을까. 웃음이 멎었을 때 나는 쉰 목소리로 말했다.

"시오리, 편지 할게. 난 여전히 당신이 버렸던 곳들에 있어. 돌아올 때까지 있을 생각이야. 거기가 내가, 당신이 돌아갈 곳이라면."

난간으로 올라가는 계단의 손잡이를 부여잡고 아픈 다리를 이끌고 올라왔다. 대머리 남자를 따라 걷다가 출구에 다다랐을 때 나는 처음으로 뒤를 돌아다보았다. 언젠가 내가 사랑하던 머리칼이 보였다. 시오리는 나를 돌아봐주지 않았지만 나는 문으로 나가는 순간까지 그녀에게 시선을 떼지 않았다. 눈물이 흘렀다.

빛이 다시 정상적으로 흐르는, 비정상적인 공장에서 나왔을 때 담배 마켓이 나왔다. 대머리는 물었다.

"한 번 둘러보시죠. 아참, 특별히 마음에 들어서 질문 하나 드립니다. 혹시 이곳에서 일하고 싶으신 마음은 없으십니까? 언제든 생각 있으시면, 세상 끝에 다다랐다 생각이 들 때 이곳에 와서 구름을 만들어주세요. 구름을 만든다는 신이나 할 수 있는 일을 우리 공장은 실현하고 있으니까요."

복잡했다. '이딴 게 현실로 존재는 해?' 도대체 어떻게 돼먹은 세상이길래, 라고 생각하며 말보루 라이트를 구겨 가까운 휴지통에 던져 넣었고 나는 상점에서 평범한 하얀색에 아무 무늬가 없는, 그로테스크라는 텍스트만 적혀진 갑의 담배 두 보루를 샀다.

"그거 참 잘 팔리는 거죠. 베스트셀러에요."

가격을 지불하려했을 때 들려오는 말.

"당신 아버지와 츠다 양이 만든 거니 당신이 가져가시길. 돈은 받지 않겠어요."

거절할 필요는 없었다. 가방에 넣었다.

대머리 남자와 함께 다시 입구로 나왔을 때는 해가 져 에펠탑의 꽁무니만 보였다. 그것을 보며 보루를 뜯어 담배를 한 대 물었다. 대머리의 양복 차림새 남자는 내게 듀퐁 라이터의 명쾌한 소리와 함께 불을 붙여 주려 했다. 아니다. 이걸 지금 여기서 펴버릴 수는 없었다. 그러면 진짜 다 이별인 것만 같은 느낌이었다. 복잡한 여러 가지 생각이 교차했다. 나는 대머리 남자에게 정중하게 인사를 했다. 그는 금니를 드러내며 내게 웃어주었다.

"언젠가 당신은 다시 이곳을 찾을 거 같군요."

그 이해 불가능한 불쾌한 미소에 나도 모르게 이곳에선 누구도 알아들을 수 없는 한국어로 작게 말했다.

"재수 없는 대머리 새끼."

대머리 남자는 여전히 재수 없는 금니를 드러내며 웃어주었다. 나는 여행의 목적을 이루었기에 하루라도 빨리 이 현실감 없고 정도 들지 않는 곳에서 떠나고만 싶었다. 다시 내가 있던 그곳으로 가서 진영과 이 담배를 펴볼 생각밖에 하지 않았다. 아픈 다리를 끌며 아파트를 향해 걸었다. 뒤에서 느껴지는 대머리의 눈길이 기분 나빴다. 그리고 저 안의 사람들과 영원한 이별을 체감하기가 두려웠다. 나는 도망치듯 구름공장을 등졌고 나에겐 그로테스크한 맛의 담배 두 보루만이 남아있었다.

　당장 프랑스를 떠나고 싶었다. 이곳에서 나를 떠나간 사람들과 지낸다는 건 지옥만큼 괴로운 일이었다. 계속 그들이 생각났다. 여행사에 전화해 구할 수 있는 가장 가까운 시간대의 비행기 표를 구매했다.
　정리하고 짐을 챙기는 순간이었다. 내가 항상 들고 다니던 노트의 한 페이지가 바닥에 떨어졌다. 부러진 듯 아픈 다리를 굽혀 노트를 주웠을 때 펼쳐진 페이지의 한편에 데이지가 적어둔 듯한 연락처가 보였다. 마구잡이로 벌려놓은 캐리어를 침대에 펼쳐둔 채 보드카를 한 병 집어 잔에 얼음을 넣고 소파 위에 누워 마셨다.

17

파리에서의 마지막 날. 나는 부어 버린 얼굴과 아픈 다리를 부여
잡고 이른 시간에 깨어났다. 만신창이였다. 속은 엉망에 몸까지 이
모양이라니. 엉망인 방을 둘러보고 세수를 했다. 이제 이곳과는 마
지막이라는 안도감과 아쉬움이 섞인 감정으로 방을 정리하고 내 짐
을 모두 챙겼다. 이 긴 여행에서 내가 겨우 지니고 돌아가는 것은
수상한 담배 두 보루와 내 볼품없는 다리뿐이었다.

아파트의 문을 잠그고 관리소에 열쇠를 반납하고 캐리어를 이끌
고 오데옹역으로 향했다. 오후 1시. 뉴스에서는 비가 내린다고 했
다. 그래. 차라리 비라도 마구 왔으면 하고 생각했다. 기상 뉴스의
영향일까. 그 어느 날보다 산책과 휴식을 취하기에 날씨가 좋았음
에도 불구하고 룩셈버그 공원에는 사람이 없었다.

공원의 중심에 있는 카페에서 데이지를 만났다. 점심을 먹기로 했
다. 그녀는 여행을 오래한 사람 혹은 타국에서 자람이 몸 자체에 녹
아있는 사람 특유의 여유로 자연스럽게 메뉴를 정했다. 그녀가 주
문한 것은 '오늘의 추천 메뉴'였다. 나는 파스타가 먹고 싶어 적당히
토마토 파스타와 참치 스테이크 하나를 주문했다. 역시나 실패였고
데이지가 그것을 알았는지 자신이 시킨 메뉴를 함께 먹자며 내 쪽
으로 자신의 접시를 밀어주었다. 그녀의 선택은 성공적이었다. 기

분이 약간 누그러졌다. 그때였을까. 해가 활짝 떠 있음에도 불구하고 갑작스레 비가 쏟아지기 시작했다. 야외 테이블에 있었던 우리 자리에 비가 튀었다. 데이지의 머리가 살짝 젖자 웨이터는 수건을 가져다주었고 그녀는 머리칼을 닦았다.

비는 멈추고 다시 쏟아지기를 반복했다. 하늘이 맑으면 비가 왔고 다시 어두워지면 비가 그쳤다. 비가 멈추었을 때 나는 계산을 했고, 데이지에게 말했다.

"비가 다시 내리기 전에 잠시 걸어요."

공원을 걸으며 이야기를 나누었다. 파리에서 보내었던 시간들, 앞으로 그녀가 떠날 여행들에 대해서 동양적 매력이 가득 담긴 눈매의 여자는 내게 물었다.

"여행에서 원하던 것들은 다 이루었나요?"

내가 대답을 잠시 머뭇거리자 그녀는 "괜찮아요. 대답하지 않아도. 돌아가면 알 수 있을 거예요. 여행이란 그런 거니까."

나는 웃었다. 말이 맑고, 눈이 깨끗한 사람과 이야기하다보면 그것들에 깨끗하지 못한 내 모습이 비치는 듯했고 조금이나마 씻겨 내려가는 것 같았다. 나의 말과 단어 선택마저 평소와는 다르게 맑아지고 있음을 느꼈다. 나는 글을 쓰기 위해서는 끊임없이 사람을 만나야 한다. 그렇게 생각했다.

공원의 거대한 나무 아래에 있는 젖지 않은 벤치에 앉아 룩셈버그 공원을 바라봤다. 그녀는 내게 그동안 썼던 글들의 이야기와 그중 자신에게 읽어 줄 수 있는 글이 있냐고 물었다. 나는 노트를 가방에서 꺼내 읽어주기도 했다. 데이지는 콘서트 때 음악을 감상하던 표정으로 내가 썼던 글들을 읽는 내 목소리에 집중해주었다. 그러다 다시 걷기를 반복했다. 젖은 풀숲의 안개 자욱한 신비로운 분위기의 잔디에 드러누워 우리는 서로의 노래를 틀고 안개를 느꼈다. 다리의 통증은 옅어졌다. 왜일까. 그녀의 동양적이고 깊숙하지 않지만 적당한 안정감이 있는 눈과 광대의 사이에는 파리와 이별인지 나와의 이별인지가 배어있는 슬픔 섞인 외로움이 보였다. 나도 저런 얼굴일까 하고 궁금해졌다. 그렇게 그녀와 몸이 서로 반대로 뉘어져 있는 상태에서 우리는 음악과 안개 사이에서 입을 맞추었다.

그녀는 샤를 드골 행 기차에 발을 올리는 내게 손을 흔들어 주었고 작별 인사를 나누었다. 많은 작별 인사를 나누지 않기로 했다. 언젠가 다시 만나리라는 기대를 저버리지 않기 위해.

내 품 안에는 신생아마냥 담배 두 보루가 담긴 가방이 있었다. 나는 그것을 껴안고 좌석에 앉았다. 행선지는 도쿄였다. 피로가 몰려왔다. 잠시 눈을 붙였다.

잃어버리고. 잃어버릴 것들을 찾기 위해 어딘가 보이지 않는 곳에까지 손을 뻗어 과거를 쓸어 담으며 먼지처럼 쌓여버린 지나가버린 행복을 만질 필요는 없다. 다시 돌아온 나의 손에는 행복이 아닌 보이지 않는 과거란 이름의 가시에 찔린 아픔이 다가왔기에. 이제는 그저 손을 내밀어 다가올 것들을 붙잡고 그것들만큼은 앞으로 놓치지 않도록 꽉 붙잡고 있는 방법밖에는 없다.

　피츠 제럴드가 말했다. 과거로 돌아갈 수는 없다고. 개츠비는 그걸 몸소 보여주었다. 우리는 시간이란 파도에 밀려도 조금씩 앞으로 나아갈 수밖에 없는 존재이며 삶이었음을. 아팠다. 충분하다. 살아야 한다. 이번 여행만큼은 떠난 이후 어디로 돌아가야만 하는지, 그곳이 어디가 될 것인지가 처음 가보는 여행지에 향한 두려움보다 훨씬 컸다. 마치 물에는 바닥에 발이 닿지 않고 계속 가라 앉아가는 그런 느낌. 어디가 될진 모르겠다. 혹은 나와 비슷하게 생기고 똑같은 언어를 사용하는 곳이라면 좋겠다. 내가 어떠한 사람인지 상관하지 않는 곳. 나를 어설프게라도 아는 사람일 바에야 존재 자체를 알아주지 않는 아픈 곳일지라도, 나는 돌아가기로 결심했다. 방구석 어딘가에 잃어버렸던, 내가 찾고자 했던 무언가를 찾든 해야겠다고 마음먹었다.

　도쿄에 도착했을 때 진영은 마중을 나와 있었다.

　"어땠어 여행은?"

　그가 물었다.

　"담배 한 대 피우면서 얘기하자"라고 말하며 둘은 공항을 벗어나며 구름을 뿜어내고 있었다.

　"저기 있잖아."

　내가 담배 연기를 한 번 내뿜고 진영에게 얘기했다.

　"대체로 여행은 떠나기 전 어떤 기대를 하고 떠나기 마련이잖아.

다녀오면 어떻게든 달라지거나 얻는 것이 있을 거야, 같은 거. 정작 얻어오는 거는 시차의 피로와 비어버린 잔고뿐인데 말이야. 그냥 단지, 다녀온 후의 삶에서 미묘한 아주, 너무나 섬세한 장인이 만든 보석 세공술 같은 미묘한 차이 정도밖에 없는데. 하지만 그것 때문에 사람들은 아마도 일상을 도주해 무리하게도 여행을 떠나는 것 같아."

진영은 대답했다.

"여행 잘 다녀왔구나."

그도 연기를 내뿜었다.

크로테스크한 맛의 담배였다.

다시 지구는 한 바퀴가 돌아간다. 더 이상의 도망을 멈추고 돌아가기로 생각을 맺었다. 그동안의 이해할 수 없는 일들이라든지 앞으로도 내가 잃어 갈 것들 같은 것 따위에 신경을 쓰기보다는 장시간의 시간 동안 멈추지 않고 담배 여러 개비를 피우고 소설을 읽기로 했다.

한 손으로는 담배를 굴리다 입에 물었고, 다른 한 손, 오른손으로는 하루키의 장편 소설을 집었다. 귓가로 아라베스크 1곡 e단조가 들려온다.

다시 지구는 한 바퀴가 돌아간다.

도망은 끝났고, 인생은 알 수 없다.

2014년, 파리에서

사탕마녀
이야기

For

WITCH BITCH

&

CANDY

멀지 않은 옛날, 아름다운 해변을 가까이 둔 작지만 아름다운 나라가 있었습니다.

그 나라에는 엄격하고 근엄한 성품 탓에 두려운 인상을 지녔으나 무질서했던 나라를 평화롭게 만드는 데 큰 공을 세운 자비로운 국왕이 있었고, 그 왕에게는 외아들 '에덤'이 있었습니다.

에덤은 평화로운 나라 속에서 왕과 국민들의 사랑 속에서 '왕자'로 자랐고 혼인을 할 나이가 되었습니다.

성 안에서 외로이 지내는 아들 에덤을 본 왕은 다음 날 아들 에덤을 불러 이렇게 명을 내렸습니다.

"나라를 돌며 아내로 맞이할 아름다운 여성을 찾아보려무나."

아버지의 근엄함과 성에서만 자란 왕자에게 바깥세상과 아름다운 아내를 맞이한다는 것은 엄청난 설렘으로 밤잠을 설칠 정도였습니다. 왕자는 그날 밤 잠을 설쳤답니다.

.2

평소 엄격한 규율과 교육 속에서 자라다 성을 벗어난 왕자는 아끼던 흰 말을 타고 백성들이 살고 있는 마을로 내려갔습니다. 왕자는 제일 먼저 본인이 지내는 궁전보다는 작지만 그렇다고 해서 덜 화려하다고는 하지 못 할 아름다운 저택의 앞에 멈췄습니다.

그곳은 국왕, 즉 아버지의 최측근이자 이 나라에서 왕 다음으로 힘이 강한 대지주의 저택이었습니다. 그에게는 아름다운 외동딸 '에바'가 있었습니다.

왕자가 행차했다는 소식에 에바는 당장 정원을 가로질러 왕자에게 격식 있는 인사를 나누었고 두 왕자와 공주는 운명이라도 되는 듯 곧 편하게 이야기를 나누기 시작했습니다.

엄격한 교육과 질서, 그리고 거대한 저택이라는 공통점이 있던 그들은 서로에게 호감을 갖기 시작했습니다. 에바의 집안 역시 예전부터 혼인을 성사시키고 싶어 하는 마음을 보여 왔기에 왕자와 공주의 이야기는 어느 동화와 마찬가지로 아름답게 이어질 거라고 모든 국민들은 예상하고 있었습니다.

3

나라의 최대 행사이자 축제가 열리는 날이었습니다. 아름다운 나라에서는 새로운 국왕이 집권한 뒤로 매 여름에서 가을로 넘어가는 시기에는 무언가를 기리기라도 하는 듯 축제가 열리고 있었거든요.

그 축제의 주인공은 왕자 에덤과 공주 에바였습니다. 모든 국민들이 그들을 축복했고 그들은 우아하게 축제를 즐기고 있었답니다.

그러던 중 축제의 막바지. 나무 장작들을 태우며 국민 모두가 사랑하는 사람과 춤을 추는 시간이 되었을 때였습니다.

행복한 춤사위들 사이에서 유난히 왕자의 시선을 훔치는 여자가 있었습니다. 왕자는 자신의 하녀를 불러 묻습니다.

"저 여자는 무얼 하는 여자인가?"

신하가 답했습니다.

"마을의 시장에서 사탕가게를 하는 '릴리'라는 여성입니다."

릴리의 춤사위는 특별할 것이 없었습니다. 이 나라에서는 특이한, 마치 밤을 연상케 하는 검정색의 풍부하지만 짧은 길이의 머리. 그리고 다른 이들과는 조금 특이한 모양새의 드레스에 왕자의 시선 역시 일반 남성들과 다를 바 없이 릴리라는 사탕가게 여성을 바라보고 뭔가에 홀린 듯 눈을 뗄 수가 없었습니다.

그 모습을 옆에서 지켜보던 에바는 마치 주인공의 자리를 릴리에게 빼앗긴 듯한 느낌에 질투감과 모욕감에 화가나 왕자를 뒤로하고 집으로 향했습니다.

4

'릴리'는 국민들 사이에서 '마음씨 좋고 아름다우나 다소 특이한' 여자로 소문나 있었습니다. 종종 이해하기 어려운 행동이나 말들로 부모님께 꾸지람을 받긴 했으나 나라의 청년들은 그 모습 자체에 사랑에 빠져버렸습니다. 릴리는 숱한 청혼도 매몰차게 거절하기 마련이었습니다. 릴리는 매번 달려드는 남성들에게 말했습니다.

"이런 뻔한 고백과 일방적 사랑보다 동화 같은 사랑을 바랄 뿐예요."

.5

공주보다 특별한 매력에 눈길을 빼앗던, 축제 이후 눈에 끊임없이 아른거리던 릴리라는 여성에게 푹 빠져버린 왕자 에덤은 결국 나라에 하나밖에 없는 작은 사탕가게를 매일같이 손수 홀로 들르게 되었습니다. 삼 일째 되던 날 에덤은 왕자인 자신에게도 평범하게 사탕을 건네고 웃음 짓던 릴리에게 말했습니다.

"저와 결혼하시지 않겠습니까. 저의 공주가 되어 주세요."

하지만 릴리는 시장의 국민들의 모두 놀라게 하는 대답을 내뱉고 말았습니다.

"싫습니다. 왕자님."

평생을 자신의 말대로 따라오던 모든 사람들 틈에서 처음 거절이라는 것을 당해본 왕자는 당황하고 말았습니다. 그렇게 돌아간 첫날은 굴욕과 치욕이었다면 둘째 날은 분노였고 셋째 날은 반성의 시간, 넷째 날 그는 새벽에 성의 정원에서 키우던 꽃들을 손수 꺾어 사탕가게가 문을 열기 전 직접 문 앞에 예쁘게 꽃을 가져다 놓고 자신의 마음을 담은 편지를 써 놓음으로서 릴리가 마음을 열게끔 노력하였습니다.

한 나라의 부족할 것 없는, 나라 모든 여성들의 우상과도 같은 그
가 이러한 행동을 한다면 그 어떠한 여성이라도 마음을 열지 않았
을까요?

릴리는 가게 문을 열기 전 꽃내음을 맡고 편지를 읽어가며 하루를
시작했고 사랑 받음에 대해 알았고 조금씩 마음을 열어갔습니다.

.6

　왕자의 마음이 진심이며 그 속의 따뜻함을 알아가던 릴리였습니다. 릴리는 여느 날처럼 사탕을 사러 온 에덤의 사탕 봉투 속에 작은 편지를 적어 넣었습니다.

　"오후 3시에 '비밀정원'이라 불리는 곳에서 뵈어요."

　비밀정원은 국왕의 명으로 인해 누구든 왕의 허락 없이 들어간다면 엄벌에 처하는 곳이자 죽은 왕비가 가장 아끼던 사과나무가 있는 곳이었습니다.

왕자는 아버지이자 왕이신 그의 말씀이 너무나도 두려웠으나, 릴리가 너무나도 보고 싶었던 마음에 항상 듣던 수업을 듣지 않고 몰래 도망쳐 나왔습니다. 홀로 비밀정원에 숨어 들어오기를 성공한 왕자는 태어나서 처음 보는 아름다운 광경에 할 말을 잃었답니다.

눈에 다 담기도 어렵게 펼쳐진 꽃밭과 그 정원의 중심에 있는 거대하고 웅장하며 아름다운 잎과 탐스러운 사과들이 열려있는 그 나무 아래에서 햇빛을 받으며 마치 춤추듯 움직이고 있는 릴리의 모습에 완전히 반해버리고 만 것이죠.

왕자가 온 것을 눈치챈 릴리는 우아하게 인사를 건넸습니다. 왕자는 홀릴 듯한 아름다움에서 잠시 정신을 차리고 항의하듯 릴리에게 물었습니다.

"이곳에 있는 모습을 아버지께 들켰다가는 저희의 목이 위험합니다!"

릴리는 웃으며 답했습니다.

"저는 어릴 때부터 이곳에 들어와 사과나무 아래에서 책도 읽고 낮잠도 자고 하였는걸요. 저한테는 집만큼 포근하고 편한 곳이 여기에요. 왠지 편한 느낌을 주는 나무지 않아요? 국왕님께서 왜 그렇게 아끼셨는지 알 것 같아요."

왕자는 잠시 한숨을 들이킨 뒤 내뱉은 후 릴리의 말대로 나무에 기대어 어머니가 돌아가신 이후 처음으로 느껴보는 포근함과 안정감을 느끼며 잠시 잠이 들었습니다.

릴리는 나비와 섞여 꽃밭에서 시간을 보내다 해가 저물기 직전 에덤의 무릎을 베개 삼아 누웠습니다.

"이 사과나무는 돌아가신 어머니가 가장 사랑하시던 나무 중 하나였어."

입을 먼저 연 것은 왕자 에덤이었습니다.

"유난히 아끼셔서 나를 항상 데리고 와 구경 시켜주시곤 하셨는데. 돌아가시기 직전 이 주변에 묻는 것이 아닌 뿌려달라고 하셨었지. 그 이후에 이곳은 정원사들 이외에는 아무도 들어오지 않았어. 아버지의 명령이었거든. 아무도 어머니의 어머니만을 위한 장소를 더럽히지 못하게 하기 위해서 말이야."

릴리는 왕자의 무릎에서 그의 얼굴을 올려다보며 말했답니다.

"분명 어머니를 너무도 사랑하셨기 때문일 거예요. 여전히 사랑하시나 봐요. 이 나무가 그걸 증명해요. 이 나무만큼 완벽한 향과 모양을 지닌 나무는 세상에 더 이상 없을 거예요. 저는 폐하의 마음을 이해할 것 같아요. 그게 사랑이니까요."

에덤은 조용히 릴리의 검고 풍부한 머리를 쓸어 넘기며 수많은 감정을 잠시 멈추고는 '사랑'에 대해 생각해보았습니다.

그들은 해가 주황빛을 띠며 어둠을 불러오기 직전
사과나무 아래에서 입을 맞추었습니다.

"나와 이 사과나무 아래에서 혼인해주시겠습니까?"
"좋아요. 겨울이 오기 전에. 나를 위해 또 다른 사과나무를 심어주겠다고 맹세한다면요."

.8

    최근 자신을 찾아오지 않던 왕자를 찾아왔다 수업을 듣지 않고 몰래 어딘가로 향하던 에덤을 본 에바는 그가 비밀정원을 향하는 모습을 보았습니다. 그리고 비밀정원에서 에덤과 릴리가 만나는 것을 본 에바는 다시 한 번 생애 몇 번 느껴보지 못했던 상실감과 배신감에 돌이킬 수 없는 복수를 계획하게 됐습니다.

    해가 지고 달빛이 내리는 비밀정원에서 에바는 단 하나인, 국왕과 왕자가 가장 사랑하는 사과나무를 바라보았습니다. 나라의 공주처럼 대우받고 자라오던 그녀는 처음 느껴보는 허무함과 상실감에 대한 분노를 느꼈습니다.

    에바는 미리 준비해온 도끼로 가지부터 시작하여 나무를 차근차근 찍고, 찍어, 찍고 또 찍어 마침내 베어버렸고

    그 처참한 사과나무에 불을 붙여 태워버렸습니다.

    바닥에 떨어진 수많은, 이제는 생명을 잃어가는 이파리들과 사과들. 그녀는 그것들 몇 개를 챙겨 든 뒤 비밀정원을 몰래 빠져나왔습니다.

　다음 날 소식을 전해들은 국왕은 극도로 분노했고 어머니의 유품과도 같았던 사과나무가 사라져 슬픔에 잠겨있던 왕자는 범인을 찾기로 맹세했습니다.

　수색이 진행되던 와중 마을에는 이러한 소문이 돌기 시작했습니다.

　"릴리의 가게 앞에 사과나무 이파리와 붉게 빛나는 '사과'가 떨어져 있었다"라는 소문을 말입니다. 그리고 그 사과는 한 입 베어 문 흔적이 있었다고 말이죠.

　국민들은 분노와 함께 마녀가 있다는 것에 공포에 떨기 시작했습니다.

.10

　마을에서는 아무것도 모른 척 걱정하는 표정으로 "마녀의 짓일지
도 몰라요"라고 말하는 에바를 통해 어느새 릴리는 요술로 나라에
서 가장 아끼는 사과나무를 불태워 버린 마녀가 되어있습니다. 더
이상 사탕가게 아가씨가 아닌 마녀가 되어버린 것이죠.

11

평소 그녀를 탐탁지 않게 여겨오던 마을의 여자들과 그동안 고백을 거절당했던 남자들(그중에는 유부남과 귀족들도 있었답니다)은 하나같이 그녀를 손가락질하기 시작했습니다.

마침 그날 광장에서 중대 발표가 있어 모여든 국민들 사이에서 수사병은 비밀정원에서 머리핀이 발견되었다며 국민들에게 그것을 보여주었습니다.

그것은 다름 아닌 '릴리'의 머리 장식 중 하나였습니다. 지난 왕자와의 만남에서 에덤의 무릎을 베개 삼아 누었을 때 그가 머리를 쓸어 넘길 때 빠져버렸던 것이었습니다.

하지만 이 이야기를 내뱉는다면 왕자 역시 국왕의 분노를 피해갈 수 없을 것이란 생각에 체념한 듯 눈을 잠시 감았습니다. 릴리는 동생들의 이마에 키스를 나누고 늙은 아버지의 품에 안겨 잠시 숨을 가누다 광장의 앞으로 향했습니다.

"제가 마녀입니다."

어디선가 돌이 날아와 릴리의 머리를 때렸고 그녀의 머리에서는 붉은 피가 흘러내리기 시작했습니다. 광장 속에서 외톨이가 되어버린 릴리는 사과나무 한 그루를 떠올렸습니다.

12

모든 것이 자기 탓인 듯 낙심해하던 왕자는 모든 집무를 내려놓고 자신의 방에서 나오지 않았습니다. 왕자가 우울과 절망, 그리고 자신의 여자를 지키지 못했다는 자책감에 눌려있던 그때 공주라 불리는 에바가 찾아왔습니다. 에바는 그를 위로하며 이야기를 들어주었습니다.

"저희가 혼인한다면 폐하의 분노가 조금이나마 사그라지지 않을까요?"

에덤은 잠시 생각했습니다. 짧으면서도 영원 같았던 그 시간.

에덤은 생각을 마친 듯 일어나 궁의 창에 비치는 달빛을 바라보며 대답했답니다.

"혼인합시다. 에바."

아직 늦지 않은 시간이었기에 아버지를 찾아뵈었고 아버지에게 말씀드렸습니다.

"폐하. 시기상 이런 말씀을 드리기 어렵다고 생각되오나 저의 아내이자 공주로 맞이할 사람을 찾았사옵니다. 슐라만 백작의 딸 에바 양입니다."

대답 없이 묵묵히 고개를 젖힌 국왕은 조금이나마 화가 누그러진 듯 보였습니다. 잠시 후 고개를 끄덕거리고 드디어 잠자리에 들러가는 국왕의 모습을 본 왕자는 안심했습니다.

13

다음 날, 축제가 열렸던 그 광장에서는 마녀재판이 열렸습니다. '화형선고'를 받게 된 릴리는 변명도 하지 않고 그저 말없이 눈물만 뚝뚝 흘리며 머리 위에 검은 천을 쓴 채로 거칠게 손발이 묶여 재판 대 위에 올라갔습니다. 그리고 화형은 시작되었습니다.

국민들은 마녀를 잡았다며 환호하였고 에바 역시 환호하는 무리에 섞여 있었습니다. 유일한 한 사람, 왕자 에덤은 웃지 않았습니다.

슬픔과 깊은 근심, 그리고 상실감에 빠진 에덤의 표정은 관중들의 환호 속에 파묻혀 그 누구도 느끼지 못했습니다.

.14

   당연하듯 왕자는 공주와 결혼하였습니다. 아름다운 나라에서 마녀는 불에 타 사라졌고 여느 때처럼 평화를 되찾았습니다. 마을의 사탕가게는 금세 잊혀졌지만요.

그 후 마을에는 수요일 해질녘마다 비밀정원에서 슬픈 울음소리
가 들려온다는 이야기가 떠돌았습니다. 사람들은 모두 마녀의 울음
소리라고 소름끼쳐 하며 사탕가게 아가씨 릴리는 진짜 마녀였다고
더욱 저주하고 욕을 뱉기 일쑤였으나 시간이 지날수록 마녀 이야기
는 잊혀져갔습니다.

.16

재판 후 마녀라 불리던 릴리의 시체는 발견되지 않았습니다. 오히려 다 탄 짚더미의 재만 발견되어 '마녀'설이 더욱 확고해졌습니다.

그리고 또 나라에는 소문이 돌기 시작했습니다. 바다 건너 나라에서는 '마녀사탕'이라 불리는 사탕이 엄청난 인기이자 유행이라는 이야기가 말이죠.

이야기는 이렇게 끝났지만, 또 전해지는 이야기가 있어요.

왕자는 왕의 분노가 잠잠해진 틈을 타, 감옥에 갇혀있던 릴리를 찾아가 짧고 간결하게 이야기했습니다.

재판의 당일, 사형대에 올라가기 직전 허수아비에 검은 천을 씌우고 릴리에게는 하얀 천을 씌울 테니 바로 항구로 달려가 보물들을 실은 작은 배를 타고 바다 건너 따뜻한 나라로 떠나야 살 수 있다고.

릴리는 작게 고개를 끄덕거린 후 왕자의 눈을 바라봤습니다. 사형 전날에 몰린 마녀의 눈빛이 아닌,

순수히 사랑하는 사람을 바라보는 소녀의 눈이었습니다.

릴리는 철창 사이로 손을 뻗어 에덤을 끌어당긴 뒤 마지막 입맞춤을 나눴습니다.

"사랑해요. 나의 사탕, 나의 사과나무."

에덤은 대답했습니다.

"당신을 기리는 사과나무를 남들이 모르게 심어두어 평생 당신을 잊지 않겠소."

릴리는 해맑게 웃었습니다. 릴리는 감옥의 좁은 창틀 사이로 들어오는 달빛 아래에서 다시 한 번 그들이 둘만의 시간을 지녔던 비밀 정원 사과나무 아래에서 췄던 춤을 우아하게 추기 시작했습니다.

한 번도 나라의 사람들이 추지 못했던 독특한 춤, 그리고 그녀의 말투와 특이한 그녀만의 드레스.

에덤은 그 모든 것을 잊지 못하리란 것을 너무나도 잘 알고 있었습니다.

궁으로 돌아온 에덤은 자신의 무능함과 한심함에 가슴이 찢어지도록 고통스러워하다 평소에 품고 다니던 작은 칼로 자신의 복부를 찔러 갈비뼈가 부러지는 상처를 입었습니다.

신음하는 소리에 놀라 뛰어온 에바는 그 고통의 의미를 몰랐지만, 왕자의 상처를 치료하며 이 남자가 자신의 소유가 되었다는 것에 행복을 느끼며 붕대를 감고 그를 품에 안았습니다.

"이야기 끝. 잘 자렴. 사랑하는 나의 작은 사탕아."

호, 하고 부는 입김에 아담한 방은 곧 푸근한 어둠에 쌓인다. 가죽으로 된 두껍고 오래돼 낡아 보이는 일기장 같은 것을 덮은 노파가 힘겹게 일어나 나가려던 찰나, 작은 소녀가 나지막이 이야기한다.

"할머니가 해주는 옛날이야기 중에 '사탕마녀' 이야기가 제일 좋고 슬픈 것 같아요. 내일도 또 해주세요."

머리가 하얀, 백발의 나이든 여자는 창밖 바다 너머의 어딘가를 잠시 바라보며 온화하게 웃은 뒤 작은 소녀를 바라보며 답한다.

"그럼, 당연하지. 사랑한단다. 나의 작은 사과, 사탕아."

사탕가게의 불이 꺼진다.

이야기는 여기까지 전해진다.